www.ingramcontent.com/pod-product-compliance
Lightning Source LLC
LaVergne TN
LVHW021302080526
838199LV00090B/5995

جلا وطن

(طویل افسانہ)

قرۃ العین حیدر

© Taemeer Publications LLC
Jalaa-Vatan *(Short Story)*
by: Qurratulain Hyder
Edition: February '2025
Publisher :
Taemeer Publications LLC (Michigan, USA / Hyderabad, India)

ISBN 978-93-6908-314-5

مصنفہ یا ناشر کی پیشگی اجازت کے بغیر اس کتاب کا کوئی بھی حصہ کسی بھی شکل میں بشمول ویب سائٹ پر اپ لوڈنگ کے لیے استعمال نہ کیا جائے۔ نیز اس کتاب پر کسی بھی قسم کے تنازع کو نمٹانے کا اختیار صرف حیدرآباد (تلنگانہ) کی عدلیہ کو ہو گا۔

© تعمیر پبلی کیشنز

کتاب	:	جلا وطن (طویل افسانہ)
مصنفہ	:	قرۃ العین حیدر
صنف	:	فکشن
ناشر	:	تعمیر پبلی کیشنز (حیدرآباد، انڈیا)
سالِ اشاعت	:	۲۰۲۵ء
صفحات	:	۴۷
سرورق ڈیزائن	:	تعمیر ویب ڈیزائن

سندر لالہ۔ بے دُلالہ۔ ناچے سری ہری کیرتن میں۔
ناچے سری ہری کیرتن میں:
ناچے

جو کھٹ پر اکڑوں بیٹھی رام رکھی نہایت انہماک سے بھادل صاف کر رہی تھی۔ اس کے گانے کی آواز دیر تک نیچے گھو والی سنسان گلی میں گونجا کی۔ پھر ڈاکٹر آفتاب رائے صدر اعلیٰ کے چبوترے کی اور سے یڑے پھاٹک کی سمت آتے دکھائی پڑے۔

"بندگی بھین صاحب ___" رام رکھی نے گھونگھٹ اور زیادہ طویل کر کے آواز لگائی

"بندگی ___ بندگی ___" ڈاکٹر آفتاب رائے نے زینے پر پہنچتے ہوئے بے خیالی سے جواب دیا۔

"راجی کھشی ہو بھین صاحب ___" رام رکھی نے اخلاقاً دریافت کیا

"اور کیا ___ مجھے کیا ہوا ہے جو راضی خوشی نہ ہوں گا۔ یہ گوپ

ہٹا بچے بیں سے" انہوں نے جھنجھلا کر کہا۔
" بیگم صاحب نا پَّر پھٹکتی رہی تھی"
"تو ناج پھٹکنے کے لیے تھے گاڑی بھر راستہ چلیے۔ چل ہٹا سب چیز۔۔۔۔۔"

ڈاکٹر آفتاب رائے نے دنیا بھر کی ڈگریاں نوے ڈالی تھیں۔ لیکن حالت یہ تھی کہ ذرا ذرا سی بات پر بچوں کی طرح خفا ہو جایا کرتے تھے۔ دام رکمی پر برستے ہوئے دہ اوپر آئے اور مونڈھے پر پیر ٹکا کر انہوں نے اپنی پبین کو آواز دی۔۔۔۔۔ نجھی۔۔۔۔ جی ای ای۔۔۔ جی ای ای ای۔۔۔۔ چھوراہے اب ملک مورا بھیئن۔۔۔۔بیم کرن پیار سے کہا کرتیں۔ دالان کے سامنے کھلی چھت پر یم کی ڈالیاں منڈیر پر جھکی ہوا میں سر سرا رہی تھیں۔ شام کی گہری کیفیت موسم کی اداسی کے ساتھ ساتھ سارے میں بکھری تھی۔ دن بھر نیچے مہوا کے باغ میں شہد کی مکھیاں بھنبھنایا کرتیں۔ اور ہر چیز پر غنودگی ایسی چھائی رہتی۔ آم اب پیلے ہو چلے تھے "ٹھگرائن کی گپیا"۔ میں صبح سے لے کر رات گئے تک روں روں کر نام رٹ چلا کرتا۔

"آوت ہی بھیئن صاحب۔۔۔۔" بیم کرن نے دالان کا پیتل کا نقش ونگار ڈالا کو اڑ کھولتے ہوئے غلّے کے گو دام میں سے باہر آ کر جواب دیا۔ اور کنجیوں کا گچھا ساری کے پلّو میں باندھ کر چھن سے پشت پر پھینکتی ہوئی صحنچی میں آ گئیں۔

"بے رام جی کی بہئین صاحب ـــــــ رسوئیّے نے چوکے میں سے
آہٹ لگائی ـــــــــ کنہیل کی ترکاری کھیر بہئین صاحب ـــــ ؟"
"ہاں ۔ہاں ۔ فوراً دیکھنا بھابی ـــــــــ" ڈاکٹرآفتاب رائے
مونڈھے پر سے ہٹ کر ٹہلتے ہوئے تلسی کے چبوترے کے پاس آگئے۔
صحنچی میں رنگ برنگی موتیاں الگ الگ رام سے لیے کہ بجرنگ بلی مہراج
تک سیندور سے پھلی پتی اور گنگا جل سے نہائی دھوئی قرینے سے
رکی تھیں۔ہیم کرن تھیں تو بڑی سخت رام بھگت لیکن باقی کے سبھی
دیوی دیوتاؤں سے سمجھ نہ رکھتی تھیں کہ نہ جانے کون کس سے آ لڑے
آ جائے۔سب سے بنائے رکھنی چاہیئے۔ ابھی سرین رام کانت کھیل
کے میدان سے لوٹیں گے۔ آٹھ بجے کھیما کٹھک کے توڑے بیک کر جمنا
مہراج کے ہاں سے واپس آئیگی پھر چوکے میں کھانا پروسا جائیگا۔ رہ پتیل
کے برتن ٹھنڈی چاندنی میں جھلمائیں گے۔ نیچے آنگن میں رام رکھی کوئی
کجری مترنم کر دے گی)۔یہاں پہ بالآخر امن تھا۔ اور سکون۔
اب کیم نیچے پکے گلیارے میں سے چلتی ہوئی ادھر آ رہی تھی۔
(ٹھکرائن کی بگیا میں سے ابھی اس نے کرونڈے اور کمرکھ اور کمہوا
توڑ کر جلدی جلدی منہ میں ٹھونسنے تھے۔ دھا کر دادھی ناکت تا ــــــــ
دھا کر دلا سارے باپ رے۔ اس نے منڈیر پر سے اوپر جھانک کر
دمینتی سے کہا ـــــــ ماماآئے ہیں۔ بھاگ جا وردنہ مجھے ماریں گے کہ ہر
سے کھیلتی ہے ـــــــــ دمینتی بھاگ گئی)

کیم چھت پر آئی۔ بلے سے ڈھیلے ڈھالے فراک میں ملبوس، جس پر موتیوں سے خوب تتلیاں اور پھول بنے ہوئے تھے، خوب کھینچ کر بالوں کی مینڈھیاں گوندھے، ہاتھوں میں چھنا چھن چوڑیاں بجاتی کیم ڈاکٹر رائے زادہ کو اپنے اتنے پیارے اور اتنے سندر ماما کو دیکھ کر بیحد خوش ہوئی۔

"نمستے ماما۔۔۔۔۔ ابھی کتاب لاتی ہوں، بس ذرا منہ ہاتھ دھو آؤں۔۔۔۔"

"چل چڑیل ۔۔۔۔۔ بہانے باز ۔۔۔۔۔ سبق سنا پہلے ۔۔۔۔۔" ڈاکٹر آفتاب رائے نے پیار سے کہا لیکن یہ کچھ تجربہ انہیں تھا کہ اپنے سے کم عمر لوگوں سے اور کتنے برادری والوں سے یہ گھر گرہستی اور لاڈ پیار کے مکالمے وہ زیادہ کامیابی سے ادا کر پاتے تھے)

"تجھے تو میں انٹرمیڈیٹ میں بھی حساب دلا دوں گا۔ دیکھتی جا ۔۔۔۔" (انہوں نے پھر ماما بننے کی سمی کی)

"ارے باپ رے ۔۔۔۔!" کیم نے مصنوعی خوف کا اظہار کیا۔

"اور تو نے چوڑیاں تو بڑی خوبصورت خریدی ہیں ری ۔۔۔۔؟"

"ہی ہی ہی ۔۔۔ ہاہا ۔۔۔۔۔" کیم نے دلی مسرت سے اپنی چوڑیوں کو دیکھا۔

"اور تو ساڑی کبھی تو پہنا کر کہ فراک ہی پہنے پھرے گی۔ باؤلی سی ۔۔۔۔" (انہوں نے اپنی بزرگی کا احساس خود اپنی اوپر طاری کرنا چاہا)

جی ہاں۔۔۔۔کیم کے ذہن میں وہ ساریاں چھما چھم کرتی کو ند گئیں۔ جو ماں کے صندوقوں میں ٹھنسی تھیں۔ وہ تو خدا سے چاہتی تھی کہ کل پہنتی آج ہی وہ ساریاں پہن ڈالے، مگر یم کرن ہی پر انگریزیت سوار تھی۔ ایک تو وہ یہ نہیں بھولی تھیں کہ وہ جونپور کے اس ٹھیٹھ، دقیانوسی سریلا استو اگھرانے کی بٹیا۔۔۔۔۔۔ جہاں کا بیاہ ہوا تھا الہ آباد کے اتنے فیشن ایبل کنبے میں جس کے سارے افراد سول لائنز میں رہتے تھے۔ اور جوتے پہنے پہنے کھانا کھاتے تھے اور مسلمانوں کے ساتھ میٹھ کر چائے پانی پیتے تھے۔ اور کو دھواں ہو کئے ان کو اب سات برس ہو نے آئے تھے اور تب سے وہ بیکے ہی میں رہتی تھیں۔ لیکن مجھے پر ان کا عجب تھا کیونکہ وہ الہ آباد کے لالہ تراؤں کی بہو تھیں۔۔۔۔۔۔ دوسرے رخ فراک کا فیشن ڈاکٹر سین کے یہاں سے چلا تھا ڈاکٹر ایس گپتا ضلع کے سول ہسپتال کے اسسٹنٹ سرجن تھے اور ہسپتال سے ملحق ان کے پیلے رنگ کے اجاڑ سے مکان کے سامنے ان کی پانچوں بیٹیاں رنگ برنگے فراک پہنے دن بھر ادھم مچایا کرتی تھیں۔ شام ہوتی تو آگے آگے ڈاکٹر سین گپتا دھوتی کا پلا نہایت نفاست سے ایک انگل میں سنبھالے، ذرا پیچھے اُن کی بی بی سُرخ کناروے والی سفید ساری پہنے، پھر ہاتھوں کی پانچوں لڑکیاں سیدھے سیدھے بال کندھوں پر بکھرائے پیلی جا رہی ہیں۔ ہوا خوری کرنے۔ انعوہ۔ کیا ٹھکانہ تھا بھلا۔ بس ہر بنگالی گھر انے میں یہ لڑکیوں کی فوج دیکھ لو۔

ہمیں کرن کو ڈاکٹر سین گپتا سے بڑی ہمدردی تھی۔ کیم کی اُس سب سے بہت گٹھتی تھی۔ خصوصاً منذر میرا سے۔ اور اسکول کے ڈرامے کے دنوں میں تو بس کیم اور منذیر ہی سب پر چھائی رہتیں۔ کیا کیا ڈرامے مہادیوی کنیا پاٹھ شالہ نے نہ کر ڈالے۔ ــــــ " نل دمینتی" ــــــ اور " شکنتلا ہریش چندر" اور " راج رانی میرا " ــــــ اور اوپر سے ڈانس الگ ــــــ گر ابھی بھی ہو رہا ہے کہ آ تیرے گنگا پار تیرے جمنا نیچ میں ٹھاڑے ہیں ندلال ــــــ اور آپ کا خدا یصلا سکرے را دھا کرشنا ڈانسی بھی بیجے کہ بین تو گر دھر آگے ناچوں گی ــــــ جی ہاں۔اور وہ گگری والا مارچ بھی موجود ہے کہ پَلو چلو سکھی سکھیاری ری چلو پن گھٹ بھر دا پانی ــــــ اور ساتھ مُنذر میرا سین گپتا ہے کہ فرآتے سے ہارمونیم بجار ہی ہے۔

ایسے ہونے کو مسلمانوں کا بھی ایک اسکول تھا۔ انجمن اسلام گرلز اسکول ــــــ وہاں یہ سب ٹھاٹھ کہاں۔ بس بارہ وفات کا بارہ وفاتـــ میلاد شریف ہو جایا کرتا اور اس میں کھڑے ہو کر لڑکیوں نے غاصی بےسری آوازیں پڑھ دیا۔

تم ہی فخر انبیا ہو۔ یا نبی سلام علیکا ــــــ پڑھے قصہ ختم۔ ایک مرتبہ ایک سر پھری ہیڈ مسٹرس نے جو نئی نئی لکھنو سے آئی تھی " روپ متی باز بہادر" کو اینٹرنس کے سلانہ جلسے میں اینکٹ کر دیا تو جواب عالی لوگوں نے اسکول کے پھاٹک پر پکٹنگ کر ڈالی ـــــ اور روز نامہ صدق لکے حق

نے پینے صفحے پر بجی حروف میں شائع کیا:۔
ملت اسلامیہ کی غیرت کا جنازہ ــــــــــــــ
گرلز اسٹیج کے اسٹیج پر نکل گئی۔
مسلمانو! تم کو خدا کے آگے بھی جواب دینا ہوگا ــــــــ بنات اسلام
کو رقص و سرود کی تعلیم ـــــــــــ اسکول کو بند کرو :
(یہ سب تقطے کمیم کی مسلمان سہیلی کشوری اسے سنایا کرتی تھی جو پڑوس میں
رہتی تھی۔ صدر اعلیٰ کے بچو ترے کے آگے والے مکان میں۔ وہ اسلامیہ
گرلز اسکول میں پڑھتی تھی۔ اس کا بڑا بھائی اصغر عباس، سرین اور
رماکانت کے ساتھ ہاکی کھیلنے آیا کرتا تھا۔ ویسے پڑھنے وہ لوگ بھی
الگ الگ تھے۔ سرین اور رماکانت ڈی اے وی کالج میں تھے۔ اصغر
عباس فیض اسلام کنگ چارج انٹر کالج میں۔
"کیوں ری ـــ ایف اے کرنے کہاں جائے گی۔ جو لڑائی آ رہی ہے۔
بنارس جائے گی یا لکھنؤ ـــــــ؟" ڈاکٹر آفتاب رائے نے پیو کے میں بیٹھے
ہوئے سوال کیا۔
اب یہ ایک ایسا یہ را سوال اچانک سوال تھا جس کا جواب دینے
کے لئے کمیم دتی ہرگز تیار نہ تھی۔ دونوں جگہوں سے متعلق اسے کافی انفرمیشن
حاصل تھی۔ لیکن دو ٹوک فیصلہ وہ فی الحال کسی ایک کے حق میں کر سکتی
تھی۔ بنارس میں ایک تو یہ کہ چوڑیاں بہت عمدہ ملتی تھیں۔ لیکن لکھنؤ کو
بھی بہت سی باتوں میں فوقیت حاصل تھی۔ مثلاً سینما تھے۔ اور دلشن

سنیماؤں کا ایک سینما تو محمد مہیلا ودیالہ تھا۔ جہاں اُسے بچے کا تذکرہ ماما نے کیا تھا۔ پردہ یہاں غالباً اسے بہر صورت ہر جگہ کرنا تھا۔ تانگے پر پردہ یہاں بھی بیم کرن اپنے اور اس کے لئے بند ہوا کرتی تھیں۔ اور ماما جو اتنا بڑا ڈنڈا لئے سر پر موجود تھے۔

یہ ماما اس کے آج تک چُنّے نہ پڑے تھے ولایت سے اَن گنت ڈگریاں لے آئے تھے۔ یونیورسٹی میں پروفیسری کرتے تھے۔ تاریخ پر کتابیں لکھتے تھے۔ فارسی میں شعر کہتے تھے۔ بچوں بچوں کے مربّہ تھے کھیم کے ماما۔

رہے رما کانت اور سرین۔ نور ماکانت تو شاعر آدمی تھا۔ سارے مقامی شاعروں میں جاکر دو غزلے سہ غزلے پڑھ ڈالتا۔ اور حضرت ناشاد جونپوری کے نام نامی سے یاد کیا جاتا۔ سرین اسکے برعکس بالکل انجنیئر تھا! اس سال وہ انجینئرنگ کالج بنارس چلا جائیگا۔ باجی کے سارے کنبے بردادری کے بہن بھائی یونہی بکواس تھے۔ اس سلسلے میں اس کی گویّاں کشوری یعنی کشور آرا بیگم کے بڑے ٹھاٹھ تھے۔ اس کے بیشمار رشتے کے بھائی تھے اور سب ایک سے ایک سورما۔۔ یہاں کسی کے سودا پنے کا سوال ہی پیدا نہ ہوتا تھا۔ کسی نے آج تک اس سے یہ نہ کہا کہ چل کھیم بچّے سرکس یا نوٹنکی ہی دکھلا لا دیں۔۔۔۔۔ نوٹنکی کے دنوں میں رسویا تک ٹھک ٹھک کرگا تا۔۔۔۔۔۔۔ اب یہی ہے بیں میں نے ٹھانی ۔۔۔ لا دا گاؤ نٹی کی رانی ۔۔۔۔ کہاں کشوری کے ماجد بھائی ہیں تو لکھنؤ سے پوڑیاں

لئے چلے آتے ہیں۔ اکرام بھائی ہیں تو کشوری ان کے لئے چھپا چھپ پل اور در بن رہی ہے۔ اشفاق بھائی ہیں تو کشوری کو بیٹھے انگریزی شاعری پڑھا رہے ہیں۔ ان بھائیوں اور سکیم کے بھائیوں میں زمین آسمان کا فرق تھا۔ کہاں کی چوٹریاں اور پل اور در۔ یہاں تو جوتیوں میں دال بٹتی تھی۔

ہم کرن کو گھر کے کام دھندوں سے فرصت ملتی۔ آفتاب رائے انکے لئے بڑا سہارا تھے۔ وہ ہر تیسرے چوتھے مہینے لکھنؤ سے آ کر مل جاتے۔ رہنے والے ان کے بہمین صاحب جونپور ہی کے تھے۔ پر یہاں ان کی کسی سے ملاقات نہ تھی۔" ضلع کے رؤسا اور مقامی عمائدین شہر" میں ان کا شمار تھا۔ پر آپ کا خیال اگر یہ ہے کہ ڈاکٹر آفتاب درائے جونپور کے ان معززین کے ساتھ اپنا وقت خراب کریں گے تو آپ غلطی پر ہیں۔ مکمام سے ان کی کبھی نہ بنی۔ انٹلکچوئل آدمی تھے۔ ان سول سرمس اور پولیس والوں سے کیا دماغ سوزی کرتے۔ جگن ناتھ بین آئی سی ایس جب نیا نیا حاکم ضلع ہو کر آیا تو اس نے کئی بار ان کو کلب میں بلا بھیجا۔ پرویہ ہر گز نہ گئے۔ رئیس الدین کاظمی ڈسٹرکٹ اینڈ سشن جج نے دعوت کی اس میں بھی نہ پہنچے۔ اور تو اور ولایت واپس جاتے وقت مسٹر چارلس مارٹن نے کوئین وکٹوریہ گورنمنٹ انٹر کالج کی پرنسپل شپ پیش کی۔ لیکن سکیم کے مامنے اُسے بھی رد کر دیا۔ یوں تو خیر کانگریسی ڈاکانگریسی ہونا

کوئی خاص بات نہیں۔ شہر اور قصبہ جات کا ہر ہندو جو سرکاری ملازم نہ تھا، گھر پر ترنگا لگاتا تھا۔ ادھر ہر مسلمان کے اپنے وسیوں مشغلے تھے۔ احرار پارٹی تھی۔ شیعہ کا نفرنس تھی۔ ڈسٹرکٹ کانگریس کمیٹی میں مسلمان بھرے ہوئے تھے۔ مسلم لیگ کا تو خیر اس وقت کسی نے نام بھی نہ سنا تھا۔ پر بہت سے مسلمان اگر انصاف کی پوچھئے تو کچھ بھی نہ تھے یا تو شاعری کرتے تھے یا مجلسیں پڑھتے تھے۔

تو کہنے کا مطلب یہ کہ کوئی ایسی تشویشناک بات نہ تھی۔ پر ڈاکٹر آفتاب رائے کی زیادہ تر لوگوں سے نہ بنتی۔ ارے صاحب یہاں تک سنا گیا ہے کہ ترپورہ کانگریس کے موقع پر انہوں نے کہہ کھری کھری سنا دی۔ گو یہ راوی کو یاد نہیں کہ انہوں نے کیا کہا تھا۔

ضلع کی سو سائٹی جن عناصر پہ مشتمل تھی، انہیں سے ڈاکٹر آفتاب رائے کوسوں بھاگتے تھے۔ وسط شہر میں مہاجنوں، ساہوکاروں اور زمینداروں کی اونچی حویلیاں تھیں۔ یہ لوگ سرکاری فنڈ میں ہزاروں روپیہ چندہ دیتے۔ اسکول کھلواتے، مجرے اور مشاعرے اور دنگل کرواتے۔ جلسے جلوس اور سر پھٹول بھی ان ہی کے زیرِ سرپرستی منعقد ہوتے۔ ہندو مسلمانوں کا معاشرہ بالکل ایک تھا۔ وہی تیج تہوار میلے ٹھیلے، محرم، بالے میاں کی برات۔ پھر

اُس سے اُونچی سطح پر دوہری مقدمے بازیاں۔ موکل۔ گواہ۔ پیشکار۔ ستمن۔ عدالتیں۔ صاحب لوگوں کے لئے ڈرائیاں۔

شہر کے باہر ضلع کا ہاسپتال تھا۔ لق و دق ہری گھاس کے میدانوں میں بکھری ہوئی اداس پیلے رنگ کی عمارتیں۔ کچے احاطے۔ نیم کے درختوں کی چھاؤں میں آوٹ ڈور، مریضوں کے ہجوم۔ گرد آلود کیوں کے اڈے۔ سٹرک کے کنارے بیٹھے ہوئے دو دیوانے میں خط لکھ کر دینے والے بہت بوڑھے اور شکستہ عال منشی، جو دھاگوں والی عینکیں لگائے دھندلی آنکھوں سے را گیروں کو دیکھتے۔ پھر گیاں نئیں جنے ککھوں کے فرش پر پانی بہتا تھا۔ سیاہی مائل دیواروں پر کونے کے لئے اشتہار لکھے تھے۔۔۔۔ حکیم مارک دھاگہ خرید ئیے پیری برانڈ بیڑی پیو۔ ایک پیسہ باپ سے لو۔۔۔۔۔ چار جا کر ماں کو دو۔۔۔۔ آگیا، آگیا، آگیا سال رواں کا سنسنی خیز فلم "لہری راجہ" آگیا جس میں مِس مادھری کام کرتی ہے۔۔۔۔

پھر سایہ دار سٹرکوں کے پرے عام اور مولسری میں چھپی ہوئی حکام ضلع کی بڑی بڑی کوٹھیاں تھیں۔ انگریزی کلب تھا۔ جس میں بے انتہا خنکی ہوتی۔ چپ چاپ اور سائے کی طرح چلتے ہوئے موڑب اور شائستہ "بیرے" انگریز اور کالے صاحب لوگوں کے لئے ٹھنڈے پانی کی بوتلیں اور برف کی بالٹیاں لاکر گھاس پر رکھتے نیلے پردوں کی قناتیں کے نیچے ٹینس کی گیندیں سبزے پر لڑھکتی رہتیں۔

(۲)

اور سول لائنز کی اس دنیا میں اوپر سے آئی کنول کماری بین جگن ناتھ بین آئی سی ایس کی بالوں کی بیوی جی ہیں نے لکھنؤ کے مشہور انگریزی کالج ازابلا تھوبرن میں پڑھا تھا۔ اور جو گیند بلا کھیلتی تھی، کلب میں بڑی پہل پہل ہوگئیں——— ہنٹی کی کل تین تو بیبیں ہی تھیں کلب میں۔ کوئین وکٹوریہ گورنمنٹ انٹر کالج کے انگریز پرنسپل کی میم ایک۔ زنانہ ہسپتال کی بڑی ڈاکٹرنی میم مسز مک کنزی : وہ اور اے پی مشن گرلز ہائی اسکول کی بڑی استانی مس سالفرڈ جو چین پھنپا میم کہلاتی تھی کہ نوکروں پر چلاتی بہت تھی۔ ان تینوں کے علاوہ ڈاکٹرنی جی کی چھوٹی بہن مس اویو مک کنزی تھی جو اپنی بہن سے ملنے نینی تال سے آئی ہوئی تھی اور ضلع کے غیر شادی شدہ حکام کے ساتھ ٹینس کھیلتا اس کا خاص مشغلہ تھا اور اس میں ایسا کچھ اس کا جی لگا تھا کہ اب واپس جانے کا نام نہ لیتی تھی۔ شام ہوتے ہی وہ کلب میں آن موجود ہوتی اور مسٹر مسکیڈ اور وے مسٹر فرحت اور وے مسٹر پانڈے۔ سبھی تو اس کے چاروں طرف کھڑے دانت نکوسے ہنس رہے ہیں۔ اس ایک میاں نے بھائی لوگوں کو منگنی کا تاپ بچا رکھا تھا۔ ہا قیامدہ حضرات بھی کہتے کہ میاں کیا مضائقہ ہے۔ جونپور ایسی ڈل جگہ پر مس مسز کنزی کا دم، وہی غنیمت جانو۔ اب غور کرتیکا

مقام ہے کہ مس شبیرہ حمایت علی بجو دوسری لیڈی ڈاکٹر تھیں۔ ان کا تو نام سنکر ہی بی بیٹھ جاتا تھا مگر وہ خود بچاری بڑی اسپورٹنگ آدمی تھیں۔ برائے جی داری سے ٹینس کھیلنے آیا کرتیں۔ لکھنؤ سے کنگ جارج کی پڑھی ہوئی تھیں۔ لندن جاکر ایک ڈپلومہ بھی مار لائی نہیں لیکن کیا مجال جو کبھی بد دماغی دکھلا جا مریں۔ لوگ کہتے تھے صاحب بڑی شریف ڈاکٹرنی ہے۔ بالکل گائے سمجھے۔ گائے۔ جی ہاں اب یہ دوسری بات ہے کہ آپ توقع کریں کہ ہر لیڈی ڈاکٹر افسانوں اور ناولوں کی روایت کے مطابق بالکل سور شمائل، مہ وش، پری پیکر ہو۔ اچھی آدمی کا بچہ نہیں۔ بلکہ ایک مرتبہ تو ڈسٹرکٹ جج مسٹر کاظمی کی بیگم صاحب نے مسٹر فرحت علی سے تجویز بھی کی تھی کہ بھیّا آزادی کا زمانہ ہے مس شبیرہ ہی سے بیاہ کر لو۔ جو یہ سال کے سال چھٹیوں میں تمہاری اماں نہیں لڑکیاں دیکھنے کے لئے نینی تال، مسوری بھیجا کرتی ہیں، اس درد سر سے بھی نجات مل جائے گی اور کیا۔

راوی کہتا ہے کہ فرحت علی نے جو ان دنوں بڑے معرکے کا سپرنٹنڈنٹ پولیس تھا۔ بیگم کاظمی کے سامنے کان پکڑ کر استغفک بھیجک کی تھی اور تھر تھر کا نپا تھا۔ اور دست بستہ یوں گویا ہوا تھا کہ آئندہ وہ مس شبیرہ حمایت سے جو گفتگو کرے گی۔ وہ صرف چار جملوں پر مشتمل ہوگی۔ ——— آداب عرض۔ آپ اچھی طرح سے ہیں؟ جی ہاں میں بالکل اچھی طرح ہوں۔ شکریہ۔ آداب عرض۔

مصیبت یہ ہوتی کہ جہاں کسی کسی شامت کے مارے نے کسی "غیر منسلک" خاتون محترم سے سوشل گفتگو کے دوران ان چار ٹیبلوں سے نئی وزکیا نو بس سمجھ لیجئے ایکٹوٹی ہو گئی۔

تو مفیکراوی دریا کو یوں کوزے میں بند کرتا ہے کہ کنول کیاری کے میاں کا تغزر اس جگہ پر ہوا۔ (انگریز حاکموں کی اصطلاح میں صوبے کا ضلع "اسٹیشن" کہلاتا تھا۔)

اور دنے حاکم ضلع کے ۱۶۰۶ء میں کنور نرنجن داس رئیس اعظم جونپور نے (کہ یہ سارا کا سارا ایک ڈام تھا) اپنے باغ میں بڑی دھوم کی دعوت کی۔ بہو تر ے پر زرتار شامیانے تنا یا گیا۔ رات گئے تک جلسہ رہا۔ بیبیوں کے لئے اندر علیحدہ دعوت تھی۔ معرائنو نے کیا کیا کھانے نہ بنائے۔ مسلمان مہمانوں کے لئے باؤلے ڈپٹیوں کے ہاں سے باورچی بلوائے گئے تھے۔ باؤلے ڈپٹیوں کا ایک خاندان تھا۔ جس میں عرصہ ہوا ایک ڈپٹی صاحب کا دماغ چل گیا تھا۔ اس کے بعد سے وہ پورا خاندان باؤلے ڈپٹیوں کا گھرانہ کہلاتا تھا۔ گھار آواز لگاتے، اجی باؤلے ڈپٹیوں کے ہاں سے سواریاں آئی ہیں اترو الو مہریوں سے کہا جاتا ارے باؤلے ڈپٹیوں کے ہاں نیوتہ دیتی کنا رام رکھی جھاڑو پینٹی)۔

بیم کرن ایسے تو کہیں آتی جاتی نہ تھیں۔ پر رانی نرنجن داس کی زبردستی پر وہ بھی دعوت میں آ گئی تھیں۔ کلکٹر کی بیوی سے ملنے

کے لئے عمائدین شہر کی بیویوں نے کیا کیا جوڑے نہ پہنے تھے۔ لیکن جب نو در کنول کماری گوری دیکھا تو پتہ چلا کہ یہ پدری میم سے غضب خدا کا ہاتھوں میں چوڑیاں تک نہ تھیں۔ ناک کی کیل تو گئی پونے بھاڑ میں ہلکے نیلے رنگ کی ساڑی سی پہنے گاؤ تکیے سے ذرا ہٹ کر بیٹھی وہ سب سے مسکرا مسکرا کر باتیں کرتی رہی۔

"اے لو بٹیا تم نے تو سہاگ کی نشانی ہی کو بھاڑ و پیٹ فیشن کی بھینٹ کر دیا۔" صدرالعلی کی بیگم نے ناک پر انگلی رکھ کر اس سے کہا۔
"اے ہاں پچ تو ہے۔ کیا ڈھنڈا ایسے ہاتھ ئے بیٹھی ہو۔ دوبارہ چھایئں چھوئیں دیکھے ہی سے ہول آتا ہے۔" بیگم کاظمی نے بھی صاد کیا۔

کیم کی تو بہر حال آج عید تھی۔ اس نے تیز جامنی رنگ کی بنارسی ساڑی باندھی تھی۔ پاؤں میں رام جھول پہنے تھے۔ سونے کی کردھنی اور دو سکمہ سارے ٹھمنے پانے علیحدہ کندن کا چھپکا، اور ٹکر کنٹھی مجھی پہن آئی تھی۔ لیکن کشوری کی اماں (جو محلے میں بڑی بھاوج کے نام سے یاد کی جاتی تھیں) بن بیاہی لڑکیوں کے زیادہ سنگار پٹار کی قطعی قائل نہ تھیں۔ ان کے یہاں تو لڑکیاں بالیاں مانگ ٹیکہ بالوں میں نہ لگا رکھ سکتی تھیں۔ پر اب زمانے کی ہوا کے زیر اثر نئی پود کی لڑکیوں نے سیدھی اور آڑی مانگیں کا ڑھنی سڑوع کر دی تھیں۔ کیم دور سے بیٹھی کنول کماری کو دیکھتی رہی۔ کتنی سندر

ہے اور پھر ایم، اے پاس۔ ایم اے پاس لڑکی کیم اور کشوری کی نظروں میں بالکل دیوی دیوتا کا درجہ رکھتی تھی۔
کنول کماری بیچ ساری مہمان بیبیوں سے ہنس ہنس کر نہایت خوش اخلاقی سے گفتگو کرنے میں مصروف تھی (اور ساری حاضرات محفل نے اسی وقت فیصلہ کر لیا تھا کہ یہ لڑکی کی سابق ڈپٹی کلکٹر کی بیوی اس بڑی ٹیل مسز بھارگوا سے کہیں زیادہ اچھی اور ملنسار ہے رانی بیٹیا ہے بالکل)
دالان کے تھگلوں کی اوٹ میں کیم اور کشوری بیٹھی تھیں اور منٹ منٹ پر ہنسی کے مارے لوٹ پوٹ ہوئی جا رہی تھیں اب ایک بات ہو تو بتلائی جائے۔ دیبیوں تھی۔ مثلاً موٹی مصرانی کے چال ہی دیکھ لو۔ اور اوپر سے کنور نرنجن داس صاحب خانہ کی اسٹیٹ کے مینجر صاحب لالا گنیش مہلشے بار بار ڈیوڑھی پر آ کر للکارتے ـــ "ابی پردہ کم لو کہاں اندر آ رہے ہیں" تو ان کے حلق سے ایسی آواز نکلتی جیسے ہارمونیم کے پردوں کو برساتی ہوا مار گئی ہو۔
اب کے سے جب ماما لکھنؤ سے گھر آئے تو کیم نے دعوت کی ساری داستان ان کے گوش گزار کر دی۔ کنول کماری ایسی۔ اور کنول کماری ویسی ماما چپکے بیٹھے سنتے رہے۔

(۳)

کیم جب رات کا کھانا کھا کر سونے چلی گئی۔ اور ماما رے گھر

میں خاموشی چھا گئی تو ڈاکٹر آفتاب رائے چھت کی منڈیر پر آ کر کھڑے ہو گئے۔ باغ اب سنسان پڑے تھے۔ گرمیوں کا موسم نکلتا جا رہا تھا۔ اور ہلکی بارش شروع ہو گئے تھے۔ پروائی ہوا آہستہ آہستہ بہہ رہی تھی۔ نیچے ٹھکرائن کی بگیا والی گلی کے برمبر سے مسلمانوں کا محلہ شروع ہوتا تھا۔ اس کے بعد بازار تھا۔ جس میں مرحم گیس اور لالٹین کی روشنیاں جھلملا رہی تھیں۔ پھر پولیس لائنز کے میدان تھے۔ اس کے بعد کچہری اور سول لائنز۔

سول لائنز میں حاکم ضلع کی بڑی کوٹھی تھی۔ جس پر یونین جیک جھٹ پٹے کی نیم تاریکی میں بڑے سکون سے لہرا رہا تھا۔ سارے میں یہ تھکی ہوئی خاموشی چھائی تھی۔ سامنے سلطان حسین شرقی کے زمانے کے اونچے پھاٹک اور مسجدوں کے بلند مینارات کے آسماں کے نیچے سات سو سال سے اسی طرح ساکت و صامت کھڑے تھے۔ زندگی میں بے کیفی تھی، اور اداسی۔ اور ذلت تھی اور شدید غلامی کا احساس تھا۔

عمر بھر آفتاب رائے نے یونہی سوچا تھا کہ اب وہ اور کچھ نہ کریں گے۔ لیکن دنیا موجود تھی۔ وہ کام بھی کرتے۔ کھانا بھی کھاتے سال میں چار دفعہ جون پور آ کر جی جی سے دماغ سوزی بھی کرتے۔ زندگی کے بھاری پن کے باوجود گاڑی تھی کہ چلی جا رہی تھی۔

کنول کماری اس منظر کے پرے، ہولسری کے جھنڈ کے دوسری

طرف یونین جیک کے سائے میں بڑا بنتی تھی۔ بہت سے لوگ ہیں کہ جو درراستہ سوچا اختیار کرلیا۔ آرام سے اس پر چلتے چلے گئے یہاں کسی راستے کا تعین ہی نہ ہو پاتا تھا۔ ایک کے بعد ایک سب ادھر نکل گئے تھے۔ آفتاب رائے وہیں کے وہیں تھے۔
کنول کماری ــــــــ لاحول ولا قوۃ۔
جب وہ یونیورسٹی سے ڈاکٹریٹ کے لئے ولایت جا رہے تھے تو کنول نے ان سے کہا تھا "آفتاب بہادر تم کو اپنے اوپر بڑا مان ہے۔ پر وہ مان ایک روز ٹوٹ جائے گا۔ جب میں بھی کہیں چلی جاؤں گی"
"تم کہاں چلی جاؤ گی؟"
"فوۃ ـــــــــ لڑکیاں کہاں چلی جاتی ہیں ــــ؟!"
"گویا تمہارا مطلب ہے کہ تم بیاہ کر لوگی"؟
"میں خود تھوڑا ہی بیاہ کرتی پھروں گی۔ ارے عقلمند داس۔ میرا بیاہ کر دیا جائے گا" اس نے جھنجھلا کر جواب دیا تھا۔
"ارے جاؤ ـــــــــ آفتاب رائے خوب ہنسنے تھے ـــــــ میں اس جھانسے میں آنے والا نہیں ہوں۔ تم لڑکیوں کی پسند بھی کیا شے ہے۔ تم جیسی موڈرن لڑکیاں آخر اسی کو کرتی ہیں جو ان کے سماجی اور معاشی معیار پر پورا اترتا ہے، باقی سب بکواس ہے۔ پسند اضافی چیز ہے تمہارے لئے ـــــــــ؟

"ہاں بالکل اضافی چیز ہے۔ آفتاب بہادر ــــ" وہ غصے کے مارے بالکل خاموش ہو گئی تھی۔

وہ چاندنی باغ میں تھی۔ آپ بادشاہ باغ میں بڑی معصوم عوام سے برہاتے تھے۔ یونین کی پر بیڈ یڈ منٹی کرتے تھے۔ تقریریں بگھارتے تھے۔ ایک منٹ پیچھے نہ بیٹھتے تھے۔ تاکہ کنول نوٹس نہ بھی لیتی ہے تو لے۔ وہ بی اے پی سین رینڈ پر رہتی تھی اور سائیکل پر روز چاندنی باغ آیا کرتی تھی۔ لکھنؤ کی بڑی نمائش ہوئی تو وہ بھی اپنے سکنے کے ساتھ میوزک کانفرنس میں گئی۔ وہاں یونیورسٹی والوں نے سہگل کو اپنے محاصرے میں لے رکھا تھا۔ جبگانے کی یونیورسٹی اندر چاندنی باغ کا مجمع فرمائش کرتا۔ وہی سہگل کو بار بار گاتا پڑتا بھائی آفتاب بھی شور مچانے میں پیش پیش تھی لیکن اگلی صف میں کنول کو بیٹھا دیکھ کر فوراً اسٹ پٹا کر چپ ہو گئے اور سنجیدگی سے دوستوں سے بولے کہ یار چھوڑ دو کیا ہڑ مچا رکھا ہے۔ اس پہ عزّت نے عسکری بگڑمی سے کہا آج ان دونوں پیارے دوستوں کو مرے بھی اتنا عہد ہو گیا، تھا منڈیر پر کھڑے ہوئے آفتاب رائے کو خیال آیا، عزّت نے عسکری سے کہا۔ استاد یہ اپنا آفتاب جو ہے یہ اس لونڈیا پر اچھا آپریشن ڈالنے کی فکر میں غلطاں و پیچاں ہے۔ اب خدا وند تعالیٰ ہی اس پر رحم کرے ــــ

"بی اے کے بعد تم کیا کرو گی ــــ؟" ایک روز آفتاب ر نے

نے کنول سے سوال کیا۔

"مجھے کچھ پتہ نہیں ـــــــــ؟ کنول نے کہا تھا۔ اس میں گویا یہ اشارہ تھا کہ مجھے تو کچھ پتہ نہیں تم ہی کوئی پروگرام بتاؤ۔
لیکن کچھ عرصہ بعد وہ سیدھے سیدھے ولایت نکل لئے۔ کیونکہ غالباً اُن کی زندگی کے لئے۔ اُن کے گھر والوں کے لئے، کنول کے وجود سے کہیں زیادہ اہم بھی۔ پھر اُن کی آئی ایڈ یا لو جی تھی۔ (یار کیا بکواس لگا رکھی ہے۔ عزّت نے ڈپٹ کر کہا تھا)

پر ایک روز لندن میں جب وہ سینٹ ہاؤس کی لائبریری سے گھر کی اور جا رہے تھے تو راہ میں انہیں مہی پال نظر آیا۔ جب نے دُور سے آواز لگائی ـــــــــ چائے پینے چلو تو ایک واقعہ فاجعہ گوش گذار کر دوں۔ کنول کماری کا جگن ناتھ مین سے بیاہ ہو گیا۔ وہ جو بن بنتیں کے پنچے کاہے ـــــــــ؟

لڑکیوں کی عجیب بے ہودہ قوم ہے۔ اس روز آفتاب رائے اسی نتیجے پر پہنچے "ان کو سمجھنا ہمارے تمہارے بس کا روگ نہیں۔ میاں وہ جو بڑی انٹلیکچوئیل کی سانس بنی پھرتی تھی۔ ہو گئی ہو گئی۔ اب گلیڈ ـــــــــ جگن ناتھ جی مائی فٹ ـــــــــ کون تھا یہ اُلّو ـــــــــ یہ نے کبھی دیکھا ہے اسے ـــــــــ؟" مہی پال کے کمرے میں پہنچ کر آشد ان مشتعل ہوئے انہوں نے سوال کیا۔

مہیپل رائے زادہ کھڑکی میں جھکا با ہر سٹرک کو دیکھ رہا تھا۔ جہاں ٹھیلے والے کوئی دن بھر گلا پھاڑ چلاتے رہنے کے بعد اب اپنے اپنے ترکاریوں کے ٹھیلے کھسیٹے ہوئے سر جھکائے آہستہ آہستہ چل رہے تھے۔ شام کا دھندلکا سارے میں بکھر گیا تھا زندگی جیسی اداس ہے۔ اس نے خیال کیا تھا۔ ہاں۔ اس نے آفتاب رائے سے کہا تھا میں نے اسے پٹنے میں دیکھا تھا۔ کالا سا آدمی ہے۔ عینک لگا تا ہے کچھ کچھ لومڑی سے ملتی جلتی اس کی شکل ہے۔

"بیوقوف بھی ہے ------ ؟" آفتاب رائے نے پوچھا تھا۔

"خاصا بیوقوف ہے ------ مہیپل رائے زادہ نے جواب دیا تھا۔
"------ پھر کنول اس کے ساتھ خوش کیسے رہ سکے گی ؟" آفتاب رائے مہیپل سے مطالبہ کیا۔

"میاں آفتاب بہادر ------" مہیپل نے مڑکر ان کو مخاطب کیا ------
یہ جتنی لڑکیاں ہیں نا ------ جو افلاطون زماں بنی پھرتی ہیں۔ یہ بیوقوفوں کے ساتھ ہی عرش رہتی ہیں، کیا عقل میں تمہاری ------ ؟"

"کیا بکواس ہے ------" آفتاب رائے نے بڑی آزردگی سے کہا۔

اب مہیپل رائے زادہ کو حریخا غصہ آگیا۔ اس نے جھنجھلا کر کہا
تھا ------ "تو میاں تم کو روکا کس نے تھا۔ اس سے بیاہ کرنے کو۔ بو اب مجھے بور کر رہے ہو۔ کیا وہ تم سے خود آکر کہتی کہ میاں آفتاب بہادر میں تم سے بیاہ کرنا چاہتی ہوں۔ ایں ------ ؟ اور فرض کرو اگر

وہ خود ہی کر دیتی تو کیا قیامت آ جاتی۔ میاں لڑکی تھی یا ہوّا کیا مار تی تم کو بھاڑ والے کر ــــــ کیا کرتی ــــــ؟ تم نے لیکن کہہ کے بھی نہیں دیکھا۔ خیر چلو ــــــ خیریت گزر گئی۔ اچھا ہی ہوا۔ کہاں کا جھگڑا مول لیتے بیکار میں۔ کیونکہ میرا مقول ہے۔ (اس نے انگلی اٹھا کر عالمانہ انداز میں کہا) کہ شادی کے بارہ سال بعد سب شادیاں ایک سی ہو جاتی ہیں ــــــ تم کو جگن ناتھ جین کا شکر گزار ہونا چاہئے۔ کہ اس نے تم کو ایک بار عظیم سے سبکدوش کیا۔ بلکہ وہ تمہارے حق میں دافع بلیّات ثابت ہوا ــــــ

"بیہودہ ہیں آپ انتہا سے زیادہ ــــــ آفتاب رائے نے جھنجھلا کر کہا تھا۔

لکھنؤ لوٹ کر ایک روز آفتاب رائے اتفاقاً اے پی سین روڈ پر سے گزرے۔ سامنے کنول کے باپ کی سرخ رنگ کی بڑی سی کوٹھی تھی۔ جس کی برساتی پر کاسنی پھولوں کی بیل پھیلی تھی۔ یہاں ایک زمانے میں کتنا اودھم مچا۔ کنول کے سارے بہن بھائیوں نے مل کر اپنا آرکسٹرا بنا رکھا تھا۔ کوئی بانسری بجاتا، کوئی جبترنگ۔ کنول طبلہ بجاتی ایک بھائی وائلن کا اُستاد تھا۔ سب مل کر بجے دنی بچھڑ شروع کر دیتے مورے مندر اب لوں نہیں آئے ــــــ کیسی ٹھوک بھئی موسے آئی ــــــ پھر اُڑنا بسرجی آجا قدر اور کوکل ایسی آواز میں گاتی آئی پؤ ہوڑی جھور نا ٹکر کر بو ہوئے ــــــ اتوار کو دن بھر پدمنٹن

ہوتا۔ ہر سے قرآن کتاب رائے ان لوگوں کے یہاں موجود رہتے تھے۔ اور جب ایک روز خود ہی چپکے سے ولایت کھسک لئے تو ان لوگوں کا کیا تصور۔ وہ لڑکی کو بینک کے سیف ڈپازٹ میں توان کے نہ بال سے رکھنے سے رہے اور جگن ناتھ جیسے ایسا رشتہ تو بھائی قسمت والوں ہی کو ملتا ہے۔

پھر ایک روز امین آباد میں انہوں نے کنول کو دیکھا۔ وہ کار سے اتر کر اپنی سسرال والوں کے ساتھ پارک کی مندر کے اور جا رہی تھی اور شرخ ساری میں ملبوس تھی اور اتنا اس کے پیروں میں تھا (آخری ساری کے مندر دریا بار آؤں۔ کراؤن سول سنگار۔۔۔۔۔۔ وہ گرمیوں کی شام تھی۔ امین آباد جگمگا رہا تھا۔ ہوائیں مونیا اور خس کی مہک تھی۔ اور مندر کا گھنٹا ایکسا ینٹ سے بجے جا رہا تھا۔)

اب آفتاب رائے یونیورسٹی میں تاریخ کی چیز سنبھالے ہوئے تھے۔ ساتھیوں کی محفل میں خوب اودھم مچاتے۔ ٹینس کھیلتے۔ اور صوفی ازم کی تاریخ پر ایک مقالہ لکھ رہے تھے۔ میں وہ نہیں ہوں۔ جو میں ہوں۔ میں وہ ہوں جو میں نہیں ہوں۔ ہر چیز باقی ساری چیزیں ہیں، بھگوان کرشن جب ارجن سے کہتے ہیں ۔۔۔۔۔۔ اودپرنس ارجنا ۔۔۔۔۔ ("ارے جا۔۔۔۔۔" عسکری ڈانٹ بتاتا "اگر تم اس چکر میں ہو تم بھی پروفیسر ڈی کی پی کمری کی طرح مہا گروبن کے بیٹھ جاؤ گے تو تم غلطی پر ہو۔ ڈاکٹر آفتاب

رلئے۔ تمہارا تو ہم مارتے مارتے ٹھیلہ ٹھیک کر دیں گے ـــــــــ شہ
مہیپل اضافہ کرتا۔)
جو پنورا کر دہ کیم کو دیکھتے کہ تندہی سے کچا لوکھاد ہی ہے۔
کتھک سیکھ رہی ہے۔ بل بھرنے چلی رے گونیاں آں آں گانی پھروی
ہے۔ یہ بھی کنول کماری کی قوم سے ہے۔
"اری اودباؤلی ـــــــ بتا تو کیا کر میوائی ہے ـــــــ؟ وہ سوال کرتے۔
"پتہ نہیں ماما ـــــــ وہ معصومیت سے جواب دیتی
پتہ نہیں کی پتی ـــــــ وہ دل میں کہتے

چھت کی منڈیر پر ٹہلتے ٹہلتے آفتاب رائے نیم کی ڈالیوں کے
نیچے آگئے۔ سامنے بہت دور ، سول لائنز کے درختوں میں چھپی ہوئی
حاکم ضلع کی کوٹھی میں گیس کی روشنیاں جھلملا رہی تھیں۔ پروائی ہوا
بہے جا رہی تھی۔ یہ چاند رات تھی۔ اور مسلمانوں کے محلوں کی طرف
سے محرم کے نقاروں کی آوازیں بلند ہونا شروع ہو گئی تھیں۔
محرم آگیا ـــــــ آفتاب رائے کو خیال آیا ـــــــ شاید اب کے سے
پھر سر پھٹول ہو۔ بہت دنوں سے نہیں ہوئی تھی۔ انہوں نے سوچا۔
ویسے انگریز کی پالیسی یہ تھی کہ جن ضلعوں میں مسلمانوں کی اکثریت
تھی وہاں ہندو افسروں کو تعینات کیا جاتا تھا۔ اور جہاں ہندو زیادہ
ہوتے تھے وہاں مسلمان حاکموں کو بھیجا جاتا تھا تاکہ توازن قائم رہے۔

یہ دوسری بات تھی کہ صوبے کی چھ کروڑ آبادی کا صرف ۱۴ فیصدی حصہ مسلمان تھے۔ لیکن اتنی شدید اقلیت میں ہونے کے باوجود تہذیبی اور سماجی طور پر مسلمان ہی سارے صوبے پر چھائے ہوئے تھے۔ جونپور، لکھنؤ، آگرہ، علی گڑھ، بریلی، مراد آباد، شاہجہان پور، وغیرہ جیسے ضلعوں میں تو مسلمانوں کی دھاک بیٹھی ہوئی تھی۔ لیکن باقی کے سارے خطوں میں بھی ان کا بول بالا تھا۔ صوبے کی تہذیب، سے مراد وہ کچھ تھا جس پر مسلمانوں کا رنگ غالب تھا۔ گلی گلی محلے محلے کا ذرا گاؤں سینکڑوں ہزاروں مسجدیں امام باڑے تھے۔ مکتب مدرسے، درگاہیں قلعے، حویلیاں، چپے چپے سے مسلمانوں کی آٹھ سو سال پرانی روایات وابستہ تھیں۔ اور لطف یہ کہ مسلمان اب تک نہیں مرے تھے۔ بڑے زور و شور سے زندہ تھے۔

ہندو مسلمانوں میں سماجی سطح پر کوئی واضح فرق نہ تھا۔ خصوصاً دیہاتوں اور قصبہ جات میں عورتیں زیادہ تر ساڑیاں اور ڈھیلے پاجامے پہنتیں۔ اودھ کے بہت سے پرانے خاندانوں میں بیگمات اب تک دھوتی بھی پہنتیں۔ بن بیاہی لڑکیاں ہندو اور مسلمان دونوں ساری کے بجائے کھڑے پائنچوں کا پاجامہ پہنتیں۔ ہندوؤں کے ہاں اسے "اجلا" کہا جاتا۔ مشغلوں کی تقسیم بڑی دلچسپ تھی۔ پولیس کا عملہ اسی فیصد مسلمان تھا۔ محکمہ تعلیم میں ان کی اتنی ہی کمی تھی۔ تجارت تو خیر کبھی مسلمان بھائی نے ڈھنگ سے کر کے نہ دی۔ چند پیٹھے گر خاص مسلمانوں کے

جن کے دم سے صوبے کی مشہور منعتیں قائم تھیں۔ لیکن غذا کے فضل و کرم سے کچھ ایسا معلوم نظام تھا کہ سارا منافع تو بازار میں پہنچتے پہنچاتے مڈل مین ہی مارے جاتا تھا اور جو بھائی کے پاس بچتا تھا۔ اس میں قرضے چکانے تھے۔ بٹیا کا جہیز بنانا تھا اور ہزاروں قضیّے تھے آپ بجانے۔

زبان زور محاورے ایک ہی تھے۔ مسلمان بچے برسات کی دعا مانگنے کے لئے منّو نیلا پیلا کے گلی گلی ٹین بجاتے پھرتے اور چلّاتے برسو رام دھڑا کے سے بڑھیا مرگئی فاقے سے۔ گڑیوں کی بارات نکلتی تو وظیفہ کیا جاتا — ہاتھی گھوڑا پالکی — جے کنہیّا لال کی۔ ذہنی اور نفسیاتی پس منظر چونکہ یکساں تھا لہٰذا غیر شعوری طور پر IMAGERY بھی ایک ہی تھی۔ جس میں رام اور دعا اور سیتا اور پنگھٹ کی گوپیوں کا عمل دخل تھا۔ مسلمان پردہ دار عورتیں جنہوں نے ساری عمر کسی ہندو سے بات نہ کی تھی۔ رات کو جب ڈھولک کے گرد بیٹھتیں تو ہِلَک ہِلَک کر الاپتیں ___ بھری گگری موری دھر کائی شام کرشن کنہیّا کے اس تصوّر سے ان لوگوں کے اسلام پر کوئی حرف نہ آتا تھا۔ یہ سب چیزیں اس تمدّن کی مظہر تھیں جنہیں پچھلی صدیوں میں مسلمانوں کی تہذیبی ہمہ گیری اور وسعتِ نظر اور ایک رچے ہوئے جمالیاتی حسن نے جنم دیا تھا۔ یہ گیت اور ٹکجریاں اور نیال، یہ محاورے یہ زبان، ان سب کی بڑی پیاری اور دل آویز مشترک میراث تھی۔

یہ معاشرہ جس کا دائرہ مرزا پور اور بجنور سے لے کر لکھنؤ اور دلی تک پھیلا ہوا تھا۔ ایک مکمل اور واضح تصویر تھا۔ جس میں آٹھ سو سال کے تہذیبی ارتقا نے بڑے گمبھیر اور بڑے خوبصورت رنگ بھرے تھے۔

ڈاکٹر آفتاب رائے نے دیکھ لیا تھا کہ ان کا نام ہی اس مشترکہ تمدن کی لطافت کا مظہر تھا، ایک بار سوچا تھا کہ وہ کبھی ایک کتاب لکھیں گے کہ کس طرح پندرہویں صدی میں بھگتی تحریک کے ذریعے ایک خوبصورت مستقبل کی بنیاد رکھی جا رہی تھی۔ کس طرح نانک کا مذہب ہندو دل کی فرقہ پرستی کے خلاف ایک پروگریسو رُدّ عمل ثابت ہو سکتا تھا۔ کس طرح انیسویں صدی کی وہابی تحریک کو غیر ملکی راج کے مقابلے میں ایک قومی محاذ بننے کے بجائے اس کا رخ دوسری طرف موڑ دیا گیا۔ آریہ سماجیوں اور فرقہ پرستوں کو کیسے کیسے شہہ دی گئی۔ یہ اور اس طرح کی سو باتیں ان کے ذہن میں آتیں۔ لیکن ذہن ہی کو مکمل سکون کہاں میسر تھا۔ پہلے یہ کنول کماری کر دپڑی۔ پھر ان کی معاشی مجبوریاں آڑے آئیں۔ اور ان کی ولایت سے لوٹ کر بنارس میں کچہر شپ سنبھالنی پڑی۔ جہاں دن رات ہندی اتھوا ہندوستانی کے گن گائے جاتے اور مالویہ جی کی تصویر کے آگے آرتی اتاری جاتی۔۔۔۔۔۔ یہ میں تم سے کہتا ہوں۔۔۔۔ کہ شدھ ہندی اور گئو رکھشا، اور رام راجیہ یہ سب سے بڑا خطرہ ہے۔ اس خطرے

سے پوچھو۔ انہوں نے ایک دفعہ کانگریس ورکنگ کمیٹی کے پنڈال میں چلا کر کہا تھا ۔۔۔۔۔ بھائی اگر یہی بات ہے تو سیدھے سیدھے مسلمان کیوں نہیں ہو جاتے ۔۔۔۔۔۔۔۔۔۔ان سے کہا گیا ۔۔۔۔۔۔۔ ہم تو ہندو پیدا ہوئے اور ہندو ہی مرینگے۔ تمہاری طرح سے تھوڑا ہی بیں۔ ڈھلمل یقین ۔۔۔۔۔۔۔۔۔

آفتاب رائے کے ساتھ مذاق میں انہیں جونپور کا قاضی کہا کرتے "یہ جو کتاب تم لکھنے والے ہو اس کا نام رکھنا ۔۔۔۔۔۔"جونپور کا قاضی" عرف" بین شہر کے اندیشے میں ڈبلا کیوں ہوا ۔۔۔۔ !"

رات کی ہوا میں خنکی بڑھ چکی تھی۔ نیم کے پتے بڑے پُراسرار طریقے سے سائیں سائیں کر رہے تھے۔ ہاں زندگی میں بے پایاں اداسی تھی اور ویرانہ اور تاریکی۔

محلے کے مکانوں میں مدھم روشنیاں جھلملا رہی تھیں۔ نیچے بڑی سڑک پر اوج کے مکان کے بڑے آنگن میں مجلس کے لئے جو گیس کا ہنڈا نصب کیا گیا تھا اس کی روشنی رات کے اس ویرانے میں بڑی طرزہ خیز معلوم ہوتی تھی۔ جیسے مہرے کے جنگل میں اگنیا بیتال اور نعمان چیکے چیکے رونے ہوں۔

مجلسوں کے گریہ و بکا کی مدھم آوازیں پردہ دائی کے جھونکوں میں مل کر وقفے وقفے کے بعد یک لخت بلند ہو جاتی تھیں۔ مکڑو پر

کنور نرنجن داس کے ہاں کی محرم کی سبیل کے پاس رکھی ہوئی نوبت کمپنی سے بجے جا رہی تھی۔

(۴)

"عاشور کی شب یلیٰ! ارے سرہانے شمع رکھ کر۔۔۔۔۔۔" بی مڑلانے تکیہ پر کرم خوردہ کتاب رکھ کر پڑھنا شروع کیا ۔۔۔۔۔۔ "اسے تکتی ہیں چہرہ علی اکبر کا ۔۔۔۔۔۔" جگن نے باریک تیز آوازیں ساتھ دینا شروع کیا۔

"ابے لو دونوں کی دونوں سٹپٹیا گئی ہیں ۔۔۔۔۔۔ اے بیوی چائے تم کون سی تاریخ کے مرثیے نکال بیٹھ گئیں ۔۔۔۔۔۔؟ "بڑی بھانج نے باورچی خانے سے پکارا۔

"توبہ توبہ۔ کم بخت ایسی سارہ ستی پڑی ہے کہ اب تو کچھ بھی یاد نہیں رہتا ۔۔۔۔۔۔ اے لو میں تو عینک ہی لانا بھول گئی۔ اب بچے کچھ سبھائی تھوڑی دے رہا تھا۔۔۔۔۔۔ میں نے تو انکل سے پڑھنا شروع کر دیا اے بہن ۔۔۔۔۔۔ اے نیازی بیگم ۔۔۔۔۔۔ ذرا اپنی عینک تو دینا ۔۔۔۔۔۔" بوامن نے طویل سانس بھر کے کہا

نیازی بیگم نے اپنی عینک اتار کر دی جو بوامن نے ناک کی پھننگ پر رکھ کر مرثیے بیاض کی ورق گردانی شروع کی۔

"اے بواماں نجم اسلت کی بیاض بھی لائی ہو کہ نہیں ۔۔۔۔۔۔؟" بڑی بھانج نے تخت کے پائے کے قریب اطمینان سے بیٹھتے ہوئے دریافت کیا

"لڑکیوں سے پوچھئے ۔۔۔۔ بڑی بھاوج ۔۔۔۔ نجم الملت کے توتے تو یہی لوگ پڑھ رہے ہیں۔۔۔۔" جبن نے جواب دیا۔

"ہاں بیٹیا ہم تو پُرانے فیشن کے آدمی ہیں۔ اب تو نوحوں میں بھی نئے راگ رنگ نکلے ہیں ۔۔۔۔" بوا مدن نے قدرے بے نیازی سے اضافہ کیا۔

یہ لڑکیوں پر صفا چوٹ تھی۔ بوا مدن نے لڑکیوں کی نوحہ خوانی کو کبھی بھی بہ نظر استحسان نہ دیکھا تھا۔

کنبے اور محلے کی ساری لڑکیاں دیواروں کے سہارے بڑے اسٹائل سے سیاہ جارجٹ کے دوپٹوں سے سر ڈھانپے خاموش بیٹھی تھیں۔ بوا مدن کے اس طعنے کا انہوں نے ہرگز نوٹس نہیں لیا۔

"ڈولی اُتروالو ۔۔۔۔" باہر سے رام بھروسے کی آواز آئی۔

"پردہ کر لو گو ۔۔۔۔ کہار اندر آتے ہیں ۔۔۔؟" فرینی کی سینی دم سے گھر دینی پر ٹکا کر مولہ تیز آوازیں چلائیں۔

"چھمو بیگم آگئیں ہیں"

چھمو بیگم ڈولی میں سے اُتریں۔ اور پائنچے سمیٹ کر پائی سے لبریز نانی کو الانگنے کے ارادے سے آگے بڑھیں و اللہ درکے بڑی بھاوج کے ہاں تو ہر وقت بس بہتیا سی آئی رہتی ہے و انہوں نے ذرا بیزاری سے کہا۔

کہیں مولد نے یٰسین لیا و اے چھمو بیگم ۔۔۔۔ ذری زبان سنبھال

کے بات کیا کیجئے۔ بڑی بھاوج کے دشمنوں کے گھر بہیّا آوے شیطان کے کان بہرے ۔۔۔۔۔ ایسا قوئیں نے آنگن کا سارا اپانی سوتا ہے۔ اپنے ہال نہیں دیکھتیں۔ ساری گلی کو لے کے نوبت رائے کا تالاؤ بنا رکھا ہے۔ اتا اتا پانی آپ کے گھر میں کھڑا رہتا ہے۔ ہاں" اس نے منہ در منہ جواب دیا۔

"ارے بی مولو ۔۔۔۔۔۔ ذرا آپے میں رہنا ۔۔۔۔ میں خود سے نہیں آئی بڑی بھاوج نے سو دفعہ بلایا کہ آکر مجلس پڑھ جاؤ ۔۔۔۔۔۔ مجلس پڑھوں ۔۔۔۔۔ میں اپنے گھر سے فالتو نہیں ہوں کہ ماری ماری پھروں اور شیخ کی ڈومینوں کی باتیں سنوں۔ ہاں۔ لو بھائی ڈوبی واپس کرو" چھمو بیگم نے بیچ آنگن کے کھڑے ہو کر رجز پڑھا۔

بڑی بھاوج جلدی سے اٹھ کر باہر آئیں ۔۔۔۔۔ "ارے ہے ۔۔۔۔۔ یہ کیا کوا نوچن مچی ہے ۔۔۔۔۔ اماموں پر مصیبت کی گھڑی آن پہنچی اور تم ہو کہ کھڑی جھگڑا ہی ہو ۔۔۔۔۔ پہل نکل مولو یہاں سے ۔۔۔۔۔ ڈوبی جب دیکھو تب یہی فضیحت شروع کرتی ہے ۔۔۔۔۔ آؤ چھمو بیگم جم جم آؤ ۔۔۔۔۔"

ڈیوڑھی میں کہاروں نے زور سے ڈنڈا بجایا "اجی پیسے تو بجھوائیے بیگم صاحب ۔۔۔۔۔۔

"ارے دیارے ۔۔۔۔۔ ساری دیہہ دکھن لاگت ہے ۔۔۔ رام بھروسے نے دیوار سے لگ کر ماتا دین کی بیڑی سلگاتے ہوئے اظہار خیال کیا۔ ویسے محرم کی وجہ سے اب پیسے خوب لیں گے۔ چہلم تک دس دس پھیرے ایک

گلی کے ہوتے تھے اور ہر پھیرا تین تین پیسے۔ دور کے محلّوں تک آنے جانے کے تو دد دہ آنے تک ہو جاتے تھے۔ بس چاندی فنی آج کل بھائی رام جہرو سے اور ان کے برادری کی۔ اور ریڑھے جو چل رہے تھے وہ الگ۔ ریڑہ ایک طرح کا لکڑی کا کرسی نما ٹھیلہ ہوتا تھا جس میں چاروں طرف پردہ باندھ دیا جا تا تھا۔ اندر دو دو تین تین سواریاں، ٹھُس ٹھس کر بیٹھ جاتی تھیں اور بچّوں کی انگریزی پرام کی طرح پیچھے سے دھکیلا جاتا تھا۔ اور چرمراتے چوں کرتا ریڑہ گلیوں کے پتھریلے فرش پر بڑے ٹھاٹ سے چلتا۔ پالکی کا کرایہ بہت زیادہ تھا، یعنی چھ آنے فی پھیرا۔ پرائیوٹ پالکی پچھو پہلہ صدر اعلیٰ کے یہاں تھا۔

چھمّو بیگم اس معرکے کے بعد ٹھمک ٹھمک چلتی چلتی آں کہ چاندنی پر بیٹھ گئیں۔ اور عینک لگا کر بڑے ٹھسّے سے چاروں طرف نظر ڈالی۔ بوآ آمّن خود بڑی ہائی پائی بروسوز خواں تھیں۔ انہوں نے کبھی چھمّو بیگم کی پروا نہ کی۔

سوز ختم ہو چکا تھا۔ گوٹے کے چھنکنے لگا تی بوا متن طمانیت سے ہاکر ایک کونے میں بیٹھ گئیں۔ چنا پٹی کی گوٹ کا اودا پاجامہ اور طوطے کے پروں ایسے ہرے رنگ کا دو پٹا اوڑھے وہ اس شان سے دیوار سے لگ کر بیٹھتی تھیں کہ دور سے معلوم ہوتا تھا کہ ہاں یہ رام پور کی میر صاحبہ ہیں۔ مذاق نہیں ہے۔

چھمّو بیگم ایک تو یہ کہ سیدانی تھیں۔ دوسرے یہ کہ جبّن سلہا کے بیاہ

کے سلسلے میں ان سے جنگ ہو چکی تھی لہذا دہ قزامدن کو ہرگز خاطر میں نہ
لائیں۔ اگر یوٹن کو اگر یہ زعم تھا کہ مالکوں الدسوہنی بھاگ میں وہ سوز
ایسے پڑھتی ہیں کہ مجلس میں پس پر جاتی ہے۔ تو چھمّو بیگم کو بھی اپنے اوپر
ناز بے جا نہ تھا کہ آٹھویں تان تیغ ڈالا میرانیس کا مرثیہ پوری راگ دلگ
کے ساتھ ان جیسا کوئی اور نہ پڑھ سکتا تھا۔

چھمّو بیگم نے تہہ در تہہ ریشمی غلافوں میں سے چاند رات کا بیان
نکالا اور مجمع کو نہایت گھور کے دیکھا۔

لڑکیوں کا گروہ اپنی جگہ پر ذرا چپ کنّا ہو گیا۔ ان لڑکیوں پر فرض تھا
کہ جب چھمّو بیگم حدیث پڑھیں یا وعظ کریں تو یہ لوگ دوپٹے منہ میں
ٹھونس کر کھل کھل ہنسیں پر بظاہر یہی معلوم ہو تاکہ گارد قطار
رو رہی ہیں۔ اور چھمّو بیگم کس قیامت کی حدیث پڑھتی تھیں کہ کہرام
بپا ہو جاتا تھا۔

چھمّو بیگم کے وعظ بہت موڈرن ہوتے تھے۔ کیا جناب کمین صاحب
بلکہ خود تبلہ چار پوتی صاحب ایسے ایسے رموز و نکات۔ انگریزی فلسفے
کے واقعہ شہادت میں سے نہ نکال سکتے تھے۔ جو چھمّو بیگم پل کی پل دریا
کوڑے میں بنا کر کے رکھ دیتیں۔

'اے ما خفات مجلس ۔۔۔۔۔۔۔ جب یار کا تعالیٰ نے اپنے نور کے دو حصّے
کئے ۔۔۔۔۔۔۔۔۔ والی تمہید سے لے کر جب وہ اس کا نمکس تک پہنچتی
تھیں کہ صاحب بیبی ۔۔۔۔۔۔ جناب عباسی نے رو کر کہا بلّہ سکینہ اٹھو ے

تو اس وقت مجلس میں نالہ و شیون سے قیامت بپا ہو چکی ہوتی تھی۔ اندر با سر سب کہتے تھے کہ ماشااللہ سے جھمو بیگم نے سماں باندھ دیا۔ ان کے دورِ خطابت کا یہ عام تھا کہ منٹوں میں بات کہیں سے کہیں پہنچتی تھی۔ ابھی حضرت جبرئیل علیہ السلام کا بیان ہو رہا ہے۔ ابھی یزید ملعون کے خاندان کا ذکر آیا۔ جنگِ جمل کا واقعہ سنا رہی ہیں ساتھ ساتھ اس کا موازنہ جرمن اور انگریز کی لڑائی سے بھی ہوتا جاتا ہے۔ رسالت مآب کے بیان پر جب آئیں تو کہتیں۔ ۔ ۔ بیبو۔ ۔ ۔ میں کوئی مورخ، کوئی تاریخ دان، کوئی فلاسفہ نہیں ہوں۔ مگر اپنا جانتی ہوں اور کہے دیتی ہوں کہ ایک طرف عیسائیوں اور رومیوں کی دس لاکھ فوج تھی۔ ایک طرف جناب رسالت مآب کے ساتھ صرف پندرہ آدمی تھے۔ گر وہ گھمسان کا دل پٹا تھا کہ سارے فرشتے چرخِ اول پر اترآئے تھے اور نور کی جھاڑو دو سے رسالت مآب کے لئے راستہ صاف کرتے جاتے تھے۔ خدا وند تعالیٰ کے مسئلے پہ فرماتیں ۔ ۔ ۔ ۔ ۔ ۔ اے بیبو ۔ ۔ ۔ ۔ جو انگریزی داں دہریے خدا کے منکر ہیں۔ ان کا حوال مجھ سے سنو۔ اندر کان کھول کے سنو ۔ ۔ ۔ کہ خداوند کریم ان سب شیطانی وسوسوں اور چالوں سے واقف ہے۔ جو فرنگیوں کے علم کے ذریعہ ابلیس ملعون نے تم مسلمانوں کے دلوں میں ڈال دی ہیں بلکہ میں تم کو یہ بتاناچا ہتی ہوں اے مومنہ بیبو ۔ ۔ ۔ کہ قرآن حکیم کے اندر اللہ تعالیٰ نے خود انگریزی میں اپنی توحید کا ثبوت دیلے فرماتا ہے وہ ربِ ذوالجلال کہ قُلۡ ھُوَ اللّٰہُ اَحَدٌ۔ اَللّٰہُ الصَّمَدُ کَمۡ یَلۡدُ وَ لَمۡ یَکُنۡ لَّ

کُفُوًا اَحَدْ ۔۔۔۔۔۔ یہ دن کیا ہے ۔۔۔؟ دن انگریزی میں ایک کو کہتے ہیں ۔۔۔۔۔ مسئلہ توحید سے سلسلہ کھینچ کر پھر واقعہ کربلا اور شہادت علی اکبر سے ملا دیا جاتا تھا۔ یہ چھمو بیگم کے ارٹ کا کمال تھا۔ بڑی بھاوج کیا ساراے محلے کو معلوم تھا کہ چھمو بیگم خاصی فراخ ہیں لیکن ان کی شمولیت کے بغیر مجلس میں جان ہی نہ پڑ سکتی تھی۔ اذان کی بد مزاجی کو بھی برداشت کیا جاتا۔

برسوں سے، جب سے بڑی بھاوج پیدا ہوئیں، بڑی ہو نے رخصت ہو کر بارہ بنکی سے جو پنور آئیں۔ زندگی کا ایک بجلن تا نہ تھا۔ جس میں شادی بیاہ پنچ تہوار، لڑائی جھگڑے، محرم، کونڈے، جوگی رمپورے کی سالانہ زیارت، غرضکہ ہر چیز کی اہمیت اپنی جگہ مسلم تھی ڈپٹی جعفر عباس سے بڑی دھوم دھام سے ان کا بیاہ رچایا گیا تھا جب وہ پندرہ سال کی تھیں۔ کیا زمانے تھے۔ وہ میل لباس تو ماہی مراتب ہی تھا۔ براتیوں کو چاندی کی طشتریوں میں سنڈیلے کے لڈو بانٹے گئے تھے اور جناتیوں یعنی لڑکی کے گاؤں والوں کے یہاں ہفتوں مہینوں پہلے ڈھولک آ کھ دی گئی تھی۔ ان کا جہیز سسرال دونوں طرف سے ماشاءاللہ سے بھرا پرا کنبہ تھا۔ بس ایک چھوٹی اماں بی سے ان کی نہ بنی۔ دیورانی جٹھانی کا دیوار بیچ گھر تھا۔ لیکن دِ تّوں کھٹ کی میں سالہا پڑتا رہا۔ مقدمہ کا قصہ اور اصل امام باڑے والے عموں کے باغ سے چلا تھا۔ بعد میں رفتہ رفتہ دونوں بھائیوں کے گھرانوں میں بول چال تک بند ہو گئی۔

سچ کہا ہے کہ بُوا کہ زرُ، زمین، زن، تین چیزیں گھر کا گھر داکر دیتی ہیں۔ سگے بھائی غیر ہو جاتے ہیں۔ پر جب چھوٹی اماں بیمار پڑیں تو بڑی بہاوج نے وضعداری پر حرت نہ آنے دیا اور مرنے سے پہلے دیورانی نے ساری اگلی پچھلی شکایتوں کو بُھول کر کہا سُنا معاف کروالیا۔ اُس کے بھی کہنے والوں کا بہن منہ کس نے بند کیا ہے نطے میں اُڑ گئی کہ یہ چھوٹی اماں اپنے گلے کی کوٹھری میں سونے کی مہریں دفن کئے بیٹھی تھیں۔ یہ اُن کو حاصل کرنے کی ترکیب تھیں۔ پر چھوٹی بڑی بھاوج کے پاس خدا کا دیا خود کیا کچھ نہیں۔ جو وہ ایسے ایسے کمینے خیالات دل میں لاتیں۔ اور اصلیت یہ ہے کہ چھوٹی اماں کی وہ سونے کی مہروں والی جھجری جس پر وہ عمر بھر مایا کا سانپ بنی بیٹھی رہیں۔ اوت کے مال سے بھی بے ثمر ثابت ہوئی۔ لڑکوں نے لے کر سارا پیسہ دو سال کے اندر اُڑا دیا۔ بلکہ بُوا مدن تو یقین حکم کے ساتھ کہتی تھیں کہ چھوٹی اماں اور بڑی بھاوج کی لڑائی کروانے میں زیادہ ہاتھ چھمو بیگم کا ہے۔ مُرّاف اِدھر کی اُدھر لگاتی تھی۔ اور پھر سال بھر سال منبر پر مولوِن بن کر چڑھ بیٹھتی ہے ڑلی۔

رونا بہرحال فرض تھا۔ خواہ چھمو بیگم جیسی کُمنی ہی بیان کیوں نہ پڑھے۔ لہذا بُوا مدن دیوار کے سہارے بیٹھے بڑے مشہدی رومال سے مُنہ ڈھانپے شائستگی سے سسکیاں بھر رہی ہیں۔ لڑکیاں دہلیز پہ بیٹھی اونگھ رہی تھیں اور منتظر تھیں کہ کب حدیث ختم ہو اور نوحہ خوانی کے

باری کا ئیے۔

نوے پڑھنے میں بڑی بہادرج کی لڑکی کشوری کو ملکہ حاصل تھا۔ ہاتھ آئے تھے کیا کیا گل زہرا کو فدا ئی — لو ماؤں نے دیکھی درنیمہ سے لڑائی — اڑے لڑتے ہوئے گرتے ہوئے مرتے ہوئے دیکھا — اور جانے کون کون سے سارے جدید نوے۔ جی ہاں۔ ایسی پاٹ دار آواز میں آخری بند اٹھاتی کہ کیمپ کے گھر تک آواز پہنچ جاتی تھی۔

نوحوں کی طرزیں نکالنا لڑکیوں کا خاص مشغلہ تھا۔ جہاں کوئی بھی چلتا چلتا لیکن غمگین سی دھن کا ریکارڈ سنا جھٹ ذرا سی تبدیلی کر کے بنجم الملت کے کسی نوحے پر اس دھن کو چپکا دیا۔ طلعت آراء اس سب میں بڑی رجعت پسند واقع ہوئی تھی۔ اس کا کہنا تھا کہ بھئی یہ غلط بات ہے۔ یہ کیا ساتویں رات کو معلوم کہ کہاں بالا کا ریکارڈ بج رہا ہے۔ توبہ توبہ۔ مگر کشوری کس کی سنتی تھی۔ ویسے بھی وہ بڑی آزاد خیال روشن دماغ تھی۔ ہائی اسکول تو اس نے پاس کر لیا تھا۔ وہ تو لکھنؤ جا کر گے ہاتھوں انٹر اور بی۔ اے بھی کرلے۔ لیکن چھوٹی اماں جب مرتے وقت بڑی بہادری سے صلح صفائی کرنے پر تیس میل تک طے کر تی گئیں، کہ ان کے بڑے لڑکے میاں اعزاز سے اس کا بیاہ بھی کر دیا جائے۔

اب یہاں سے مسلم سوشل پکچر بنتا شروع ہوتی۔ کشوری کہاں ایک نیز لڑکی ہمارے ملٹنگ کے بنو نے اس کو آدھ۔ جہاں پر وہ یائع یں کوئی نیا نمونہ سویٹر کا کسی کو پہنے دیکھ پا ئے گھر آکر فوراً تیار۔ افسانے پڑھنے کی

وہ شوقین۔ فیاض علی کی انورو شمیم سے لے کر کرشن چندر کی "نظارے" اور محجاب امتیاز علی کی "ظالم محبت" تک اس کی الماری میں موجود تھیں۔ سنیما بھی جب موقع ملتا ضرور دیکھ لیتی۔ میاں اعزاز کا یہ تھا کہ خلصے مولوی آ ری تھے۔ پی سی ایس میں آ گئے تھے سیکنگ کالج سے ایم۔ اے۔ ایل۔ایل۔ بی کر کے آنا تھا۔ لیکن اس کے روادار نہیں تھے کہ گھر کی لڑکیاں ذرا کی ذرا نمائش ہی میں ہو آئیں۔ خود بڑی دو دن کی لیتے تھے کہ مس سکسینہ سے یونی یونین میں بون بحث چلی اور مس صدیقی کے یہاں یوں چائے پر گیا۔ لیکن اپنے کنبے کی لڑکیوں کے بارے میں ان کا خیال تھا کہ لڑکیاں جہاں گھر سے باہر نکلیں میاں زمانہ خراب ہے۔ کسی کو بدنام ہوتے کیا دیر لگتی ہے۔

بڑی بہاوج نے، لطیف یہ تھا کہ کشوری کے لئے بڑی منتیں مرادیں مان رکھی تھیں عاشورہ کے روز جب ذوالجنان اندر لایا جانا تو جلیبی کھلانے کے بعد اس کے کان سے منہ لگا کر ساری بی بیاں اور ساری لونڈیاں، باندیاں دعا مانگتیں کہ یا مولا کشوری بٹیا کا نصیبہ اب کے سال ہی کھلے۔

اب یہ پوچھو کہ میاں اعزاز کے پٹے یا نہ منحنی نصیبے کا کھلنا سمجھ آرہا تھا لیکن کشوری نے بھی طے کر لیا تھا کہ عین بیاہ کے موقع پر وہ انکار کر دے گی برات میں ایک ہڑ ٹربونگ پڑ جائے گی۔ وہ جیسا کہ سوشل فلموں میں ہوتا ہے کہ عین وقت پر جب پھیرے پڑنے والے ہوں تو اصلی ہیرو ہسپتال یا جیل سے چھوٹ کر پہنچ جاتا ہے اور گرج کر کہتا ہے کہ ٹھہر جا وہ یہ شادی نہیں ہو سکتی۔

----

(۵)

کشوری کے بابا سیّد جعفر عباس ڈپٹی کلکٹر تھے، لیکن دل کے بڑے پکّے قوم پرست مسلمان تھے۔ جب کانگریسی وزارت قائم ہوئی تو آپنے بھی خوب خوب خوشیاں منائیں۔ حافظ ابراہیم ضلع میں آئے تو آپ مارے محبت کے جاکے اللہ سے لپٹ گئے۔ جب جنگ چھڑی اور کانگریسی وزارت نے استعفیٰ دیا اور مسلم لیگ نے یوم نجات منایا تو کشوری کے بابا کو بڑا دکھ ہوا۔ اب وہ ریٹائر ہو چکے تھے اور چبوترے پر بیٹھے پیچوان لگائے سوچا کرتے کہ دنیا ہی بدلتی جا رہی ہے۔ لڑکے جن کو نوکری ہی نہ ملتی تھی۔ اب فوج میں چلے جا رہے تھے۔ اپنا اصغر عباس ہی اب لفٹننٹ تھا۔ مہنگائی شدید تھی۔ لیڈر جیل میں تھے۔ لیکن زندگی میں ایک بیک ایک نیا رنگ آگیا تھا۔ حافظ ابراہیم کے ---- موقع پر ضلع کے اردو اخباروں نے لکھا تھا:۔ کہاں گئی موٹر سرکاری بیچا کر سبزی ترکاری، یہ بھی دیکھا وہ بھی دیکھ ----------کشوری کے بابا کو یہ سب پڑھ کر اور شکر صدمہ ہوتا۔ وہ بڑے پکّے مسلمان تھے۔ دراصل مسلمانوں کے معاشرے کا استحکام انہیں پرانے مدرسہ فکر کے ڈپٹی کلکٹروں کے :م قدم سے قائم تھا۔ پردے کے بڑے پابند۔ کیا مجال جو لڑکیاں بغیر قناتوں چادروں کے گھر سے قدم نکالیں۔ صوبے کے مشرقی ضلعوں میں پُرتقے کا رواج نہ تھا۔ "باعزت متوسط طبقہ" کی مسلمان اور ہندو عورتیں چادریں اور

دلایاں اور ڈھائی کر باہر نکلتی تھیں۔ ہندو عورتیں گھیر گھیر گھونگھٹ کاڑھ کر سڑک پر سے گزر جاتی تھیں۔ لیکن مسلمان بیبیوں کا دن دہاڑے باہر نکلنا سخت معیوب خیال کیا جاتا تھا۔)

اصغر عباس فوج میں رہ کر بالکل انگریز بنتا جا رہا تھا۔ اب کے سے جب وہ چھٹی پر گھر کیا آیا تو چند شرائط بابا کے سامنے رکھیں۔

(الف) وہ خود کہنے میں بیاہ نہ کرے گا۔

(ب) کشوری جب اس کے ساتھ رہنے کے لئے جبل پور جائے گی تو پردہ نہ کرے گی۔

(ج) اعزاز میاں سے بیاہ کا پروگرام منسوخ۔

(د) کشوری کو ایف اے کے لئے مسلم گرلز کالج لکھنؤ بھیجا جائیگا۔

بڑے بحث مباحثے کے بعد بابا اور بڑی بھا نج دونوں نے ان شرائط کے بیشتر نکات منظور کر لیے۔

ہندوستان کے مسلمان متوسط اور اوپری متوسط طبقے کا کوئی ہی خاندان ایسا ہو گا جس کی لڑکیوں نے کبھی نہ کبھی علیگڑھ گرلز کالج یا لکھنؤ مسلم اسکول میں نہ پڑھا ہو۔ بیشتر لڑکیوں کو اس بات پر فخر ہوتا ہے کہ انہوں نے چاہے چند روز ہی کے لئے کیوں نہ ہو، لیکن پڑھا مسلم اسکول میں ہے۔

بعینہ یہی احوال مہیلا ودّیالہ لکھنؤ کا تھا۔ صوبے کے سارے ٹھوس ہندو متوسط طبقے کی بیٹریاں اس وش ودّیالہ کی دیوار تھی رہ چکی تھیں۔ سرکاری اور عیسائی اداروں کا ماحول مختلف تھا۔ وہاں انگریز کے اقبال

کی د برے شیر بکری ایک گھاٹ پانی پیتے تھے۔

اب کی جولائی میں کیم اور کستوری اکٹھی ہی جونپور سے ٹرین میں سوار ہوئیں اور لکھنؤ آن پہنچیں۔ چار باغ پر ماما کیم کو اُتار دانے کے لئے آ گئے تھے۔ اور کستوری کو پہنچانے کے لئے تو ماجد بھائی بیچارے مردانہ ڈبّہ میں نہیں موجود ہی تھے۔ اسٹیشن کی برسا تی میں پہنچ کر کیم اور کستوری نے ایک دوسرے کو خدا حافظ کہا اور رو ئیں اور کبھی کبھی ملنے کی کوشش کرے کا وعدہ کیا اور تانگوں میں بیٹھ کر اپنی اپنی راہ چلی گئیں۔

(۶)

"کیم وتی رائے زادہ سے میری ملاقات اتنے برسوں بعد منیبٹ ہال سیٹریوں پر ہوئی ــــــــــ وہ جو ذھری سُلطان کے لیکچر کے اثر پر جارہی تھی ۔ میں احتشام صاحب کی کلاس کے بعد پرشین تھیٹر سے اُتر ہی تھی۔ ــــــــــ کستوری نے بات جاری رکھتے ہوئے کہا ــــــــــ اور پھر وہ خاموش ہو گئی ــــــــــ اور کھڑکی کے باہر دیکھنے لگی جہاں برف کے گالے چپکے چپکے نیچے گر رہے تھے

"کیا تم نے کبھی سوچا ہے؟" اس نے سانیوں کو مخاطب کیا ــــــــــ

"کہ ہم جو چھ سو سال تک ایک دیوار کے سائے میں رہے، ایک مٹی سے ہماری اور اس کی تخلیق ہوئی تھی اس کے اندر ہمارے گھر والوں کو اپنی مشترکہ کلچر پر ناز تھا۔ اور ایک قسم کا احساس برتری ــــــــــ چار سال بعد جب اس وقت

کھیم نے مجھے دیکھا تو ایک لمحے کے لیے ذرا جھجکی پھر "ہلو کشوری" کہتی ہوئی آگے بڑھی گئی۔

"اور میں نے سوچا ٹھیک ہے۔ میں نے اور اس نے اسی دن کے لیے ساری تیاریاں کی تھیں۔ وہ تہہ دل و دماغ کی لڑکی ہے۔ کانگریس پر یقین رکھتی ہے۔ میرے بابا بڑے نیشنلسٹ بنتے تھے۔ لیکن ہیں کٹر مسلم لیگی ہوں۔ یوم پاکستان کے جلسے کے موقع پر کھیم کے ساتھیوں نے ہمارے اوپر اینٹیں پھینکی تھیں۔ اکھنڈ ہندوستان ویک کے دنوں میں ہمارے رفقا نے ان کے پنڈال پر پکٹنگ کی تھی۔ یہ جو کچھ ہو رہا ہے یہی ٹھیک ہے اور بھائی زندگی نہیں شانتا رام کا فلم ہو گئی۔ بنو آپے پڑوسی اور گرو بھائی چارہ۔ نہیں کہتے بھائی چارہ میاں زبردستی ہے تمہاری۔ یہی ایک مثال میری اور کھیم کی دیکھ لو جنم جنم کے پڑوسی تھے۔ اور کیا دوستی اور یگانگت کا عالم تھا۔ پر تمہیں ہم ان کے نےٹھ۔ ان کے ہو کے کے قریب نہ پھٹک سکتے تھے۔ اور ہماری اماں کا یہ سلسلہ تھا کہ اگر ہندو کی دکان سے کوئی چیز آئی تو اسے فوراً حوض میں غوطہ دے کر پاک کیا جاتا تھا۔ ایک قوم اس طرح بنتی ہے؟ تقسیم کا مطالبہ ہند کی ساری تاریخ کا نہایت فطری اور نہایت منطقی نتیجہ ہے۔۔۔۔۔۔" کشوری چپ ہو گئی۔

آتشدان میں آگ بھک رہی تھی۔ کسی نے ایک انگارہ الاؤ میں سے نکالا کر باہر گرا دیا۔ جہاں وہ چند لمحوں تک سلگتا رہا اور پھر بجھ گیا نیچے سڑک پر کوئی بھکاری اکارڈین پر "موجوں کے اوپر کا دا الوداع" بجاتا ہوا گزر رہا تھا۔

"آج ہمیں کنول کماری کے ہاں چائے پر جانا تھا" ارم نے کہا؟ وہاں بہت سے لوگ آئے ہوئے تھے۔ ان سب سے میں نے کہا کہ ہمارے "مجلس میلے" کو کامیاب بنانے کی کوشش کریں۔"

"کنول کماری ۔۔۔ ؟ کستوری نے کچھ یاد کرتے ہوئے کہا لا کیا۔

"ہاں ہمارے نئے فرسٹ سکریٹری کی بیوی۔ اودھیں نے سوچا کہ قابل عورت ہے۔ اس سے میلے کے موقع پر ہندوستانی آرٹ پر گے ہاتھوں ایک تقریر بھی کروالیں۔ پیام دوت وغیرہ سبھی ہوں گے۔ بچاری نے وعدہ کرلیا۔"

سوریہ است ہو گیا ۔۔۔ سوریہ است ہو گیا ۔۔۔ دوسرے کمرے میں "میلے" کے پروگرام کی رہرسل کرنے ہوئے چند لڑکیوں نے ہر بند رناتھ چیٹوپادھیائے کا کورس یک لخت زور زور سے الاپنا شروع کردیا۔

"میں نے بہت کوشش کرکے سوچا کہ میں جب یونیورسٹی میں اور لوگوں سے ملتی ہوں ۔۔۔ اٹلی کے لوگ ہیں۔ برازیل کے۔ عراق اور مصر کے۔ میں آخر اس طرح کیوں نہیں باتیں کرنا چاہتی۔ پھر ہمارے پروفیسر ہیں۔ ہمعصر فنون کی انجمن کے ارکین ہیں۔ انہوں نے ہمارے مسائل پر بڑی بڑی کتابیں لکھی ہیں۔ ہمارا بڑا دقیق مطالعہ کیا ہے۔ اخباروں میں وہ ہمارے متعلق ایڈیٹوریل لکھتے ہیں۔ دارالعلوم میں اور ریڈیو پر بحثیں کرتے ہیں" کستوری نے کہا۔

چاروں اور آگ لگی ۔۔۔ دل میں بھوک پیاس جاگی ۔۔۔ پگ پگ ہم گاتے ہیں ۔۔۔ ہم گاتے ہم گاتے ۔۔۔ لڑکیاں چلّا رہی تھیں۔

"میرا جی چاہتا ہے۔ یہیں تم سے یہ سب باتیں کہوں۔ تم کو یہ سارا قصہ یہ سارا گورکھ دھندا سمجھاؤں"۔۔۔۔ اس نے سائبیوں کو اُداس آوازیں میں مخاطب کیا۔۔۔۔ تاکہ تم لوگ مجھے بھی ایک اور مضحکہ خیز کردار نہ سمجھو اور اس سارے پس منظر اس ساری کہانی کو اس فاصلے سے دیکھ کر اپنی نئی راہ کا تعین کرو۔

سڑک پر کیرل گانے والوں کی ٹولیا گزرنی شروع ہوگئی تھیں۔
"کرسمس کا زمانہ بھی اختتام پر ہے" روز ماری نے اظہار خیال کیا۔
"ہاں، جو نپور میں، میرے علاقے میں، شاید تین چار بچے کچھے سوگوار پشم کے تغرزیوں کے سائے میں بیٹھے اپنی قسمت کو روتے ہوں گے۔ نہیں شاید محرم کا زمانہ گزر گیا ہوگا۔ پرانے کیلنڈر بے کار ہو چکے ہوں گے۔ مجھے کچھ پتہ نہیں۔۔۔۔ کستوری نے دل میں کہا۔

"یہ فبواری شدید ہو گئی ہے۔ پھر بہار آئے گی۔ کیا سارے زمانے، سارے موسم اتنے بے مصرف ہیں۔۔۔۔؟" روز ماری نے اپنے آپ سے باتیں کیں۔

نہیں۔۔۔۔ کستوری نے کہا۔
پگ پگ ہم گاتے چلیں۔۔۔۔ لڑکیوں کی آوازیں نے تکرار کیا۔

(۷)

چار باغ اسٹیشن پر رکیم کو آخری بار خدا حافظ کہنے کے بعد جب کستوری

کو دَم مارنے کی فرصت بھی کہاں تھی۔ پہلے مسلم اسکول۔ پھر چاندر باغ پھر کیننگ کالج۔ زمانہ کہاں سے کہاں نکل گیا تھا۔ ہر ہنگامے میں کشوری موجود۔ مباحثے ہوئے ہیں۔ بیڈمنٹ ٹورنامنٹ میں۔ مسلم اسٹوڈنٹس فیڈریشن تھا۔ مصروفیات ہیں۔ اِدھر ہندو اسٹوڈنٹس فیڈریشن تھا۔ مہاسبھائی طالبات کے جلسے تھے۔ جن میں کبھی کبھی کمیم رائے زادہ دورسے نظر آجاتی۔ طالب علموں کی دنیا اچھی خاصی سیاسی اکھاڑہ بن گئی تھی۔ گھر پر واپس جاؤ تو وہی سیاست۔ کل کی تشویش، مستقبل کی فکر۔ ملک کی تقسیم ہوگی۔ نہیں ہوگی۔ ہوگی۔ نہیں ہوگی۔

یونیورسٹی کے لیکچرز کے دوران میں پروفیسروں سے جھڑپ ہو جاتی۔ سطحی طور پر ابھی دوستی اور بھائی چارہ قائم تھا۔ لیکن آخری ' شو ڈاؤن ' کے لئے اسٹیج بالکل تیار تھا۔

ڈاکٹر آفتاب رائے ابھی تک ہسٹری ڈپارٹمنٹ میں موجود تھے۔ ایک روز ایک لیکچر کے دوران میں ان سے بھی کچھ تکرار ہو گئی۔ ایک ہندو طالب علم نے کہا۔ آزادی کا مطلب ڈاکٹر صاحب مکمل سوراج ہے۔ ہندکی دھرتی کو پھر سے شدھ کرنا ہے۔ ساری اُن قوموں کے اثر سے آزاد ہونا ہے جنہوں نے باہر سے آکر حملہ کیا۔ یہی تک جی نے کہا تھا جی ہاں۔

اس پیریڈ میں شیوا جی کے اوپر گفتگو ہو رہی تھی۔ لہذا خانہ جنگی ناگزیر تھی۔ شام تک ساری یونیورسٹی میں خبر پھیل گئی کہ ڈاکٹر آفتاب رائے کی کلاس میں ہندو مسلم فساد ہو گیا۔

اگلی صبح کشوری پورا جلوس بنا کر ڈاکٹر آفتاب رائے کے دفتر پہنچی۔
"ڈاکٹر صاحب _____ اس نے نہایت رعب داب سے کہنا شروع کیا _____ کل جس طرح آپ نے حضرت اورنگ زیب میلہ رحمت کے متعلق اظہار خیال کیا۔ اس کے لئے معافی مانگئے۔ ورنہ ہم اسٹرائیک کر دیں گے۔ بلکہ کر دیا ہے اسٹرائیک ہم نے _____ آپ نے ہماری سخت دل آزاری کی ہے۔"

آفتاب رائے اپنچے سے کشوری کو دیکھتے رہے _____ اری تو ڈپٹی جعفر عباس کی بیٹیا ہے نا۔ اری باوٴلی سی _____ وہ بے ساختہ کہنا چاہتے تھے۔ لیکن کشوری کے تیور دیکھ کر رک گئے، اور پہلو بدل کر سنجیدگی سے کھنکارے۔
"بات یہ ہے مس عباس _____ انہوں نے کہنا شروع کیا ع سیاست اور حصول تعلیم کے درمیان جو _____ "

"اجی ڈاکٹر صاحب بس اب رہنے دیجئے _____ کسی نے آگے بڑھ کر کہا _____ ہم خوب اس ڈھونگ کو جانتے ہیں۔ معافی مانگئے قبلہ _____ "
"ڈاکٹر صاحب میں نے کہا بنارس کیوں نہیں واپس چلے جاتے _____ ؟" دوسری آواز آئی۔

"دیکھو میاں صاحبزادے _____ آفتاب رائے نے رسان سے کہا۔ معافی کا سوال ہی پیدا نہیں ہوتا۔ تاریخ کے متعلق میرے چند نظریے اور اصول ہیں۔ میں اور تمہاری دل آزاری کروں گا؟ کیا باتیں کرتے ہو _____ ؟"
"ہم کچھ نہیں جانتے" انہوں نے شور مچایا _____ "معافی مانگئے ورنہ

ہم کل اورنگ زیب ڈے منائیں گے۔"

" ضرور مناؤ۔۔۔۔" آفتاب رائے نے یک لخت بے حد اکتا کر کہا۔

" اور مکمل اسٹرائیک کر دیں گے"

" ضرور کرو،۔۔۔۔۔ خدا مبارک کرے " انہوں نے آہستہ سے کہا۔ اور چھتری اٹھا کر اندر چلے گئے۔

"کثر مہا سبھا بھی نکلے گی۔۔۔۔" لڑکوں اور لڑکیوں نے آپس میں کہا اور برساتی سے نکل آئے۔

وہ رات ڈاکٹر آفتاب رائے نے شدید بے چینی سے کاٹی۔ حالات بد سے بدتر ہوتے جارہے تھے۔ مسلمان طالب علموں کو اچھے نمبر نہ ملتے۔ ہندوؤں کو یونہی پاس کر دیا جاتا۔ ہوسٹلوں میں ہندو مسلمان اکٹھے رہتے تھے۔ لیکن جس ہوسٹل میں مسلمانوں کی اکثریت تھی۔ اس پر سبز پرچم لہرانے لگا تھا۔ اسکے جواب میں مین مغرب کی نماز کے وقت ہندو اکثریت والے ہوسٹلوں میں لاؤڈ سپیکر پر زور سے گرا مو فون بجایا جاتا۔

چند روز بعد آفتاب رائے کے سرمیں کیا سمائی کہ استعفیٰ دیدیا اور غائب ہو ئے۔ سائے میں ڈھنڈیا پڑ گئی۔ مگر ڈاکٹر آفتاب رائے نہ اب ملتے ہیں نہ تب لوگوں نے کہا ایک بھول ہمیشہ سے ذرا ڈھیلی تھی۔ سنیاس لے لیا ہوگا۔ پھر تقسیم کا زمانہ آیا۔ اب کسے ہوش تھا کہ آفتاب رائے کی فکر کرتا۔ اپنی ہی جانوں کے لالے پڑے تھے۔

ملک آزاد ہوگیا۔ کیم وتی کی شادی ہو گئی۔ کستوری کے گھر والے آدھے

پاکستان چلے گئے۔ اس کے بابا بہت بہت بوڑھے ہو گئے تھے۔ آنکھوں سے کم سجھائی دیتا تھا۔ ایک ٹانگ پر فالج کا اثر تھا۔ دن بھر وہ جون پور میں اپنے گھر کی بیٹھک میں بلنگڑی پر لیٹے ناظر علی کا ورد کیا کرتے۔ اور پولیس ہر ہفتے ان کو تنگ کرتی۔ آپ کے بیٹے کا پاکستان سے آپ کے پاس کب خط آیا تھا؟ آپ نے کراچی میں کتنی جائداد خرید لی ہے؟ آپ وہاں کب جا رہے ہیں؟ اصغر عباس ان کا اکلوتا لڑکا تھا اور اب پاکستانی فوج میں میجر تھا۔ نہ وہ ان کو خط لکھ سکتا تھا اور اگر مر جائیں تو مرتے وقت وہ اس کو دیکھ بھی نہ سکتے تھے۔ وہ قکشوری کے لئے مصر تھا کہ وہ اس کے پاس راولپنڈی چلی آئے۔ لیکن ڈپٹی صاحب بھی نہ راضی ہوئے کہ اپنی بیٹیا کو بھی نظروں سے اوجھل کر دیں۔ وہی کشوری تھی جن کی ایسے بسم اللہ کے گنبد میں پرورش ہوئی تھی.. اور اب وقت نے ایسا پلٹا کھایا تھا کہ وہ جون پور کے گھر کی چار دیواری سے باہر مدتوں سے لکھنؤ کے کیلاش ہوسٹل میں رہ رہی تھی۔ ایم۔ اے میں پڑھتی تھی۔ اور اس کی فکریں تھی کہ بس ایم، اے کرتے ہی پاکستان بھیج جائے گی۔ اور ملازمت کرے گی۔ ارے صاحب آزاد قوم کی لڑکیوں کے لئے ہزاروں باعزت راہیں کھلی ہیں کالج میں پڑھائیے، نیشنل گارڈ میں بھرتی ہو جیئے۔ اخباروں میں مضمون لکھیے۔ ریڈیو پر بولئے۔ کوئی ایک چیز سے جا ہال۔ وہ دل ہی دل میں گن رہی تھی کہ کب دو سال ختم ہوں اور کب وہ پاکستان اڑ پہنچو ہو۔۔۔ لیکن پھر بابا کی محبت آڑے آ جاتی۔ دیکھا اے بوڑھے ہو گئے ہیں۔ آنکھوں سے سجھائی بھی نہیں

دیتا۔ کہتے ہیں بیٹا کچھ دن اور باپ کا ساتھ دے دو۔ جب میں مرجاؤں گا تو جہاں چاہنا جانا۔ چاہے پاکستان چاہے انگلینڈ اور امریکہ میں۔ میں اب تمہیں کسی بات سے روکتا تھوڑا ہی ہوں۔ بیٹا تم بھی چلی گئیں تو میں کیا کروں گا۔ محرم میں میرے لئے سوز خوانی کون کرے گا۔ بیسکر نئے لڑکی کا حلوہ کون بنائے گا۔ پوت پہلے ہی مجھے چھوڑ کر چل دیا پھر انکی آنکھیں بھر آتیں اور وہ اپنی سفید داڑھی کو جلدی جلدی پونچھتے ہوئے یا علی کہہ کر دیوار کی طرف کروٹ کر لیتے۔

بڑی بھا وج ان سے کہتیں ــــ دیوانے ہوئے ہو۔ بیٹیا کو کب تک اپنے پاس بٹھاؤ گے۔ آج نہ گئی کل گئی۔ جانا تو اسے ہے ہی ایک دن یہاں اس کے لئے اب کون سے رشتے رکھے ہیں۔ سارے اچھے اچھے لڑکے ایک ایک پاکستان چلے گئے۔ اور وہاں ان کی ثماریاں بھی دھڑا دھڑ ہو رہی ہیں۔ یہ اصغر عباس کے پاس پہنچ جاتی تو وہ اسے بھی کوئی ڈھنگ کا لڑکا دیکھ کر ٹھکانے لگا دیتا۔ بڑی بھاوج کی اس شدید حقیقت پسندی سے کشوری کو اور زیادہ کوفت ہوتی۔ اور یہ ایک واقعہ تھا کہ اس نے پاکستان کے مسئلہ پر اس زاویے سے کبھی غور ہی نہ کیا تھا۔ ویسے وہ سوچتی کہ بابا ہندوستان میں ایسا کیا کھونٹا گاڑ کر بیٹھے ہیں۔ اچھے خاصے ہوائی جہاز سے چلے چلتے مگر نہیں۔ اور یہ جو بابا کی ساری قوم پرستی تھی۔ سارا جونپور عمر بھر سے واقف ہے کہ بابا کتنے بڑے نیشلسٹ تھے۔ تب بھی پولیس پیچھا نہیں چھوڑتی۔ سارے حکام اور پولیس والے ان کے سنگ جم بھر کا ساتھہ

اٹھنا، بیٹھنا تھا۔ وہی اب جان کے لاگو ہیں۔ کل ہی عجائب سنگھ چوہان نے جو عمر بھرے روزانہ بابا کے پاس بیٹھ کر شعر و شاعری کرتا تھا، دوبارہ دو لڑکے بھیجا کر خانہ تلاشی لی۔ گو یاہم نے بندوقوں اور ہتھیاروں کا پورا میگزین دفن کر رکھا ہے۔ پھر اسے بابا پر ترس آ جاتا۔ بیچارے بابا۔

اب ڈپٹی صاحب کی مالی حالت بھی ابتر ہوتی جا رہی تھی۔ اصغر عباس پاکستان سے روپیہ نہ بھیج سکتا تھا جو تھوڑی بہت زمینیں تھیں ان پر ہندو کا شتکار قابض ہو گئے تھے اور دیوانی کی عدالت میں ڈپٹی صاحب کی فریاد کی شنوائی کا سوال ہی پیدا نہ ہوتا تھا۔ چھوٹی اماں مرحومہ کا مقدمہ بازیوں کے بعد جو کچھ زیور بچ رہا تھا۔ وہ بڑی بھاوج نے سمیٹ کر بہو کے تولے کر دیا تھا جو وہ پاکستان لے گئی تھی۔ باقی روپیہ ڈپٹی صاحب کی پنشن کا کثر حصہ کی تعلیم پر خرچ ہو رہا تھا۔ ان کے علاج کے لیے کہاں سے کہاں سے آتا اور قالج تو بوا ایسا روگ ہے کہ جہاں لے کر پیچھا چھوڑتا ہے۔ چنانچہ نوبت یہ پہنچی کہ چپکے چپکے بڑی بھاوج نے چھوٹی بیگم کے ذریعے چند ایک گنے چنے جوڑے رہتے تھے فروخت کر دا ئیے۔ ویسے اس میں ایسی شرم کی تو کوئی وجہ نہ تھی۔ وہ جو مثل ہے کہ مرگ انبوہ جشنے دارد ان گنت مسلمان گھرانے ایسے تھے جن کے ملازمتوں سے نکالا جا رہا تھا۔ یا جن کو نوکریاں نہ دی جاتی تھیں۔ وہ اپنے اپنے گہنے اور چاندی کے برتن بیچ بیچ کر گزارہ کر رہے تھے لیکن بڑی بھاوج ماک والی آدھی تھیں۔ اور ابھی ان کے پہلے وقتوں کو گزرے عرصہ ہی کتنا ہوا تھا کشور جی کو جب معلوم ہوا تو اس کی تو سٹی گم ہو گئی۔ اس نے پاکستان جانے

کا خیال بالکل ترک کر دیا اور سرگرمی سے ملازمت کی تلاش میں جُٹ گئی۔

اسے یقین کامل تھا کہ اب ایسا بھی کیا اندھیر ہے کہ اچھے سکنڈ ڈویژن والی اکنو مکس کی ایم، اے کو کہیں جونیئر لیکچررشپ بھی نہ ملے گی۔ لیکن ہر جگہ یہ تھا کہ ایک جگہ تو اس سے صاف صاف کہہ دیا گیا کہ صاحب بات یہ ہے کہ جگہ تو خالی ہے۔ لیکن ہم پاکستان سے آئی ہوئی نئز نماد تھی لڑکیوں کو ترجیح دے رہے ہیں۔ اور ویسے ایمان کی یہ بات ہے کہ آپ مسلمان ہیں۔ ہمارے پاس آپ کی وفاداری کا کیا ثبوت ہے۔ ظاہر ہے کہ آپ کسی خاصی مجبوری کی وجہ سے ہندوستان میں رکی ہوئی ہیں۔ پہلا موقع ملتے ہی آپ بھی پاکستان چلی جائیں گی۔ ہم موقع پرستی، مجبوری اور وفاداری کے مزاج الگ الگ پہچانتے ہیں۔

قدم قدم پر اس کو یہی سننے کو ملتا۔ اور وہ گھوم پھر کر جونپور لوٹ آتی بڑی بجا وجہ نے اس سے کہا۔۔۔۔ وہ تمہاری گویائی کیمپ کے ماموآفتاب بہانہ تھے۔ ان کو ہی جا کر پکڑو۔ وہ تو بڑے با اثر آدمی ہیں۔ اور برے شریف۔ ضرور مدد کریں گے۔ اور کشوری کو خیال آیا۔ کس طرح وہ جلوس بنا کر ان کے پاس پہنچی تھی۔ اور ان کو سخت شکست سنائی تھیں۔ اس کے اگلے ہفتے ہی وہ غائب ہو گئے تھے۔

آفتاب رائے ۔۔۔۔ اب پتہ نہیں وہ کہاں ہوں گے۔ اُڑتی اُڑتی سی سنی تھی۔ کہ بمبئی میں حکومت کے خلاف تقریر کرنے کے جرم میں ان کو مراری ڈیسائی نے پکڑ کر احمدآباد جیل میں بند کر دیا تھا۔ جیل سے چھوٹے تو کچھ اور گڑبڑ

ہوئی اور غالباً ان کو ڈی پورٹ کر دیا گیا۔ اب شاید وہ روس میں ہیں۔ اور سمرقند ریڈیو سے اردو میں خبریں سناتے ہیں۔ وہ دوسری روایت تھی کہ نہیں صاحب ڈاکٹر آفتاب رائے تو آج کل پنڈت نہرو کی بالکل مونچھ کا بال بنے ہوئے ہیں اور ان کو ری پبلک ٹیلی ڈرامیں ہند کا سفیر بنا کر بھیجا جانے والے۔ بہرحال ڈاکٹر صاحب کو عرصے سے گویا مستقلاً زیر زمین تھے۔ بچارے آفتاب رائے۔

آج چاند رات تھی۔ محلے میں نقارہ رکھا جا چکا تھا۔ مجلسیں اب بھی ہوتیں۔ لیکن وہ پہلی پہلی رونق اور بے فکری تو کب کی خواب و خیال ہو چکی تھی۔ ڈیوڑھی میں ڈولیاں اترنی شروع ہوئیں اور بیبیاں آ آ کر امام بارے کے دالان میں بیٹھنے لگیں۔ کشوری بے دلی سے دہلیز پر اپنی پرانی جگہ پر بیٹھی رہی۔ دالان کی چھاؤنی جس پر تل دھرنے کی جگہ نہ ہوتی تھی، اب چھدری چھدری نظر آتی تھی۔ سارے خاندانوں میں سے دو دو تین تین افراد تو ضرور ہی ہجرت کر گئے تھے۔ بڑی بھاوج بہت مشکل سے پاؤں گھسیٹتی ادھر ادھر چل پھر رہی تھیں۔ اب وہ اللّٰہ تلّے کہاں۔ ساری مہریاں اور کہاریں اور پاسیں ایک ایک کرکے چھوڑ کر چلی گئیں۔ بس بگڑی مموّلہ رہ گئی تھی، سو اس کی آواز کو بھی پالا مار گیا تھا۔ لیکن چھمّو بیگم کو آتا دیکھ کر وہ پھر للکاری — آ گئیں چھمّو بیگم ————— آؤ جم جم آؤ —————

چھمّو بیگم چپ چاپ ان کے منبر کے پاس کھڑی ہو گئیں۔ زیارت پڑھ کے

تعزیوں کو جھک کر سلام کرنے اور کمپٹیوں پر انگلیاں چٹخا کر جناب علی بھر کے سبز چار جٹ کے گہوارے کی بلئیں یینے کے بعد انہوں نے علوں کو خاطب کرکے آہستہ سے کہا۔۔۔۔۔"مولا یہ میرا آخری محرم ہے۔ ارے اب تمہاری مجلیس یہاں کیسے کروں گی"۔۔۔۔۔۔ اور یہ کہہ کر انہوں نے زور شور سے رونا شروع کردیا۔

یوآمدن اپنی پرانی "دشمناگی" فراموش کرکے سرک کر ان کے قریب آ بیٹھیں اور بولیں۔۔۔۔۔"لو بوا غم حسین کو یاد کرو۔ اپنا غم ہلکا ہو جائیگا۔۔ مولا تو ہر جگہ ہیں ۔کیا پاکستان میں نہیں ہیں"

"ہاں۔۔۔۔ہاں۔۔۔۔۔" باقی بیبیوں نے آنسو خشک کرتے ہوئے تائید کی ۔۔۔۔۔۔ مولا کیا پاکستان میں نہیں ۔۔۔۔۔ تم وہاں مولا کی مجلس قائم کرنا:

"لو بوا۔۔۔ ہم بھی چل دئے پاکستان۔۔۔۔۔۔" جب محفل کی رقت کم ہوئی اور چھمو بیگم رات کا بیان ختم کرچکیں تو بوآمدن نے اپنا انا ءِ نشست بھی کر ڈالا۔

"سچ کہو بوآمدن۔۔۔۔۔۔" بڑی بجا دج نے گویا پھانجے ہوئے پوچھا۔
"ہاں بیوی۔ ہم بھی چلدیئے"۔ بوآمدن نے اعتراف کیا۔
"کیسے چل دیں۔۔۔۔۔۔؟" بڑی بجا دج کو ایک طرح سے تورشک ہی آیا۔ اپنے خاصے لوگ نکلتے جارہے ہیں ۔سب فضیمتوں سے الگ ۔ سارے دلدار دور ہو جائیں گے وہاں پہنچ کر۔۔۔۔۔۔
"بس بڑی بجا دج لڑکا نہیں مانتا۔۔۔۔۔۔ وہاں سے ہر بار خط میں لکھتا

بے کہ بس اماں آپ بھی ۔۔۔۔۔ کوئی نگوڑی جگہ سکھر ہے، وہاں اس نے راشن کی ڈیوٹی کول رکھی ہے۔

"اچھا ۔۔۔۔۔؟ شکر ہے بولا سب کی بگڑائی بنائیں۔ بڑی بھاوج نے کہا۔

عاشور کی شب کی مجلس ۔۔۔۔ بوا ممتن نے جو حسب معمول ایک گھر بھول آئی تھیں، دوبارہ غلط مرثیہ شروع کر دیا۔ لیکن سب پر ایسی اداسی اور اکتاہٹ طاری تھی کہ کسی نے ان کی تصحیح کرنے کی ضرورت نہ سمجھی۔ جن نے آواز ملائی چراغوں کی روشنی دالان میں مدھم سارد اجالا بکھیرتی رہی۔ آنگن کے گیس کا ہنڈہ پیلا پڑتا جا رہا تھا۔

اس تاریکی میں کشوری سیاہ دوپٹے سر ڈھانپے اپنی جگہ پر اکڑوں بیٹھی سامنے رات کے آسمان کو دیکھتی رہی۔

(۸)

کنول کماری بین نے مہمانوں کے جانے کے بعد نشست کے کمرے میں واپس آکر دریچوں کے پردے گرائے اور چائے کا سامان میزوں پر سے سمیٹنے لگی۔ مدراسی آیا ایک ایک ہی تھی جسے وہ ہمراہ لیتی آئی تھی اور پردیس میں ملازموں کے فقدان پر اس نے ملٹری ایڈوائزر بریگیڈیئر کھنہ کی بیوی سے بڑا وقت انگیز تبادلہ خیال کیا تھا۔ گھر کی صفائی اور نیچے کی دیکھ بھال کے بعد جو اسے وقت ملتا اس میں وہ رائل اکیڈمی آف ڈرامیٹک آرٹ جا کر گریو یو گریو فن سیکھتی تھی۔ سرلارنس اور لیڈی اولیویئر ایلتھی ایسکوویتھ کنسٹنس

ان سب سے اس کی بڑی گہری دوستی تھی۔ یہ سب مل کر گھنٹوں فن اداکاری
جدید آرٹ اور ہندوستانی نیلے پر گفتگو کرتے۔ بین کے پاس ان سب چیزوں
کا وقت نہ تھا۔ ساڑھے آٹھ بجے رات کے تو وہ دفتر سے نپٹ کر انڈیا ہاؤس
سے لوٹتا۔ اور وہ تو صاف بات کہتا تھا کہ بھائی میں انٹلیکچوئل و شلیکچوئل
نہیں ہوں۔ سیدھا سیدھا آدمی ہوں اسے جب ڈھرت پرسن پینتیس سے پین
رہا ہو ں وہ تجھیکرنے ٹھیک ہے۔ انگریز کے زمانے میں وہ ٹکے کے طبقاتی
قطب مینار کی سب سے اونچی سیڑھی پر پہنچ چکا تھا اور اب وہ اتنا
اونچا تھا کہ بالکل بادلوں پر براجمان تھا۔ انگریز کے زمانے میں ڈریس سوٹ
پہنتا۔ اب سفید چوڑی دار پاجامے اور سیاہ شیروانی میں ملبوس سفارتی ضیافتیں
کیا ہلکی پھلکی پی تی باتیں کرتا۔ خود کنول کیا کہ معرکے کی "ڈپلو میٹک وائف"
تھی۔ جہاں جاتی محفل جگمگا اُٹھتی۔ واہ۔ واہ مثلاً آج ہی کی پارٹی میں اس نے
کوریا کی کر مشنامنی والی تجویز کے سلسلے میں "نیو اسٹیٹسمین اینڈ نیشن" کے
ایڈیٹر کنگزلے مارٹن اور جدید شاعر لوئی مک دونلڈ کے چھکے چھڑا دیئے۔ سب کو
قائل ہونا پڑا۔ چاند باغ کے اپنے پرانے سنہرے دنوں میں تو خیرہ یو نہی
بجسٹ میں انٹلیکچوئل بن گئی تھی کہ یونیورسٹی کی زندگی کا ایک لازمی جزو تھا۔
یہ تو ان دنوں اس کے ساتھ و گلانی میں کبھی نہ تھا کہ ایک روز وہ ان ساری
جیتی بین الاقوامی لکچرمن ہستیوں سے یوں بھائی بچارے کے ساتھ ملا کرے گی
جیسے وہ سب کا جر مولی ہیں۔

سور یہ است ہو گیا ۔۔۔سور یہ است ہو گیا۔۔۔۔۔۔ ار ٹاگنگناتی ہوئی

اندر آئی

"کنول دیدی _____ جاتے جاتے مجھے خیال آیا کہ ایک بار آپ کو پھر یاد دلا دوں کہ آپ کو مجلس میں ميں آنا ہے _____"

"ہاں ہاں بھئی _____ کنول نے جواب دیا" اور وہ میری کتاب تو دیتی جاؤ _____۔"

"ارے ہائے _____ ارملا نے رک کر کہا" وہ تو ڈاکٹر آفتاب رائے نے مجھ سے لے لی۔ وہ مجھے انڈیا آفس لائبریری سے نکلتے ہوئے مل گئے چھین کرے گئے، کہنے لگے کل دیدیں گے _____"

"ڈاکٹر _____ آفتاب _____ رائے _____؟" کنول نے دُہرایا۔

"ہاں _____ کنول دیدی _____" ارملا نے اسی طرح لاپروائی سے بات جاری رکھی" وہ تو دن بھر یونہی لائبریریوں میں گھسے رہتے ہیں۔ آج کل ایک نئی کتاب لکھ رہے ہیں۔ آج مہینوں کے بعد اتفاقاً نظر آ گئے۔ ان کا کوئی بھروسہ تھوڑا ہی ہے۔ لیکن کل وہ براڈکاسٹنگ ہاؤس آ رہے ہیں۔ وہاں کتاب مجھے کو لا دیں گے۔ اچھا گڈ نائٹ کنول دیدی _____"

"گڈ نائٹ ارملا"

"ارے ہاں" اس نے جاتے جاتے رک کر پھر کہا" کل آپ رائل کلائنٹ پرفارمنس میں جا رہی ہیں _____؟ آپ کو تو سرالفرڈ رچرڈسن نے خود ہی بلایا ہو گا _____"

"ارے نہیں بھئی _____" کنول نے پیشانی پر سے بال ہٹا کر تھکی تھکی

ہوئی آؤ از میں کہا دیا بھی اس کا ایک پوز ہے ، ایک دل جلی اجارہ یہ مسکینڈ سکریڑی کی بیوی تھی ۔ ہائے خدا کے اپنی ایک سہیلی سے کہا جاتا ہے تجھے ہونے بال ایک اوپرا ور زمانے پچھلے۔ میں پٹرول کہیں گی") نہیں بھئی اور ملا۔ مجھے یہ پارٹیوں اور سفارتی مصروفیتوں کا یہ سلسلہ بیفی دفعہ بالکل بور کر دیتا ہے۔ اس سے کہیں پناہ نہیں۔ _____ اچھا گڈ نائٹ ہے
"اچھی طرح سوؤ _____" کنول نے کہا۔ اور ملا ہرپبندرناتھ چٹوپادھیا کا کورس گنگناتی ہوئی نچلی منزل میں اپنے کرے کی طرف چلی گئی۔

اندریا آفس لائبریری سے نکلتے ہوئے بل گئے _____ ڈاکٹر آفتاب رلے بل گئے _____ ا جی ان کا کوئی بھروسہ توڑاہی ہے۔ چھین کر لے گئے _____ کہنے لگے کل دیدیں گے _____ وہ صوفے پر بیٹھ گئی _____ واستفنی _____ اس نے چلا کر آواز دی ۔ کھانا گرم پر لگا دو _____ اس نے ٹیلی ویژن کھولا۔ بکواس ہے۔ بند کردیا۔ پھر اس نے ریڈیو لگایا۔ بکواس تھا۔ اسے بھی بند کر دیا۔ کیا پتہ اس سے کسٹنٹ ریڈیو پر ارجنا بنرجی گاتی ہوپوہوڑی جھورنا _____ پھر مکر جونے بوجونے ہو _____ اور چاند باغ کی خاموش سڑکوں پر سے لٹکیاں لیٹرن سروس کے بعد لوٹتی ہوں گی
میں نے کیا کیا تھا _____؟ اس سے سوال کیا ۔ کچھ نہیں۔ میں اب دس سال سے کنول کماری میں ہوں ۔ یہ تو کچھ بات بنی ۔ بات کس طرح بنتی ہے کیوں نہیں بنتی _____ سال گزرتے جارہے ہیں ۔ میں کنول کماری جس نے یہ سب دیکھا۔ ایک روز یونہی ختم ہو جاؤں گی۔ اور تب بہت اچھا ہوگا۔

ایسا نہ ہونا چاہئے تھا۔ پھر بھی ہو گیا
کنول ڈارلنگ۔۔۔۔۔ ثروت نے انگلی اٹھا کر سخت صوفیانہ انداز میں
اس سے کہا تھا۔۔۔۔۔ جہاں ڈھونڈ ڈھائن پانیاں گہرے پانی پیٹھ۔
بیں برہن ڈوبت ڈری رہی کنارے بیٹھے۔۔۔؟ کنول نے سوچا تھا۔
کنارا بھی تو نہیں ہے۔
پانے کے کیا معنی ہیں؟ کیا ملنا ہے؟
باہر اندھیرا تھا۔ اور سردی۔ اور بیکراں خاموشی۔ میں زندہ ہوں۔
ارے مجھ نہ آفتاب بہادر۔۔۔۔۔ اس نے غصے سے سر ہلا کر کہا۔ دل میں سوال
کیا۔۔۔۔ تم کیوں چلے گئے تھے۔ میں نے تمہارا کچھ بگاڑا تھوڑا ہی تھا۔ تم اپنے
آپ میں مگن رہتے۔ میں وہیں کہیں تمہاری زندگی کے تانے بانے میں کسی کونے
میں آکر چپکی بیٹھ جاتی اور دریں تمہارے لئے پوریاں بنایا کرتی۔ تم اسی طرح رہتے
اس میں تمہاری شکست نہ تھی، تمہاری تکمیل تھی میاں آفتاب بہادر۔۔۔؟
نیچے کیرل گانے والے ہینپے کی اور نکل گئے تھے۔
آفتاب بہادر ۔۔۔۔۔ اب جو میں ہوں۔ اور جو تم ہو ۔۔۔۔۔۔ کیا یہی بہت
ٹھیک ہے۔۔۔؟
بہت زمانہ ہوا اس نے چاند باغ میں ایک لڑکی کو دیکھ کر جو آفتاب
رائے کو بہت پہلے سے جانتی تھی۔ سوچا تھا جانے آفتاب کی بیوی کیسی
ہوگی۔ ایک بار اس کے لئے اس کی دست ثروت نے ایک بورے سے آدمی
کی تصویر سامنے لا کر کہا تھا۔ آنے والے دور کی دھندلی سی اک تصویر دیکھ

۔۔!! اور کمال یہ کہ بین میں اسی طرح کا بین۔ بین نکلا ۔۔۔) آفتاب کی بیوی۔ یہ فقرہ کتنا عجیب لگتا تھا۔ کوئی ہوگی بڑٹیل۔ آخر میں یہ سب کرکری کھاتے ہیں ۔۔۔۔ ثروت نے اضافہ کیا تھا۔ خوبصورت تو ضرور ہوگی اور ٹینس کھیلتی ہوگی۔ جس کا آفتاب کو اتنا شوق ہے۔ لیکن فراٹے بھرنے اور ہوائیں اڑنے والی لڑکیاں تو وہ سخت ناپسند کرتا تھا جس کو وہ پسند کرے گا وہ تو بہت ہی عمدہ ہوگی۔ بس بالکل مجسمہ خوبی۔ چڑے آفتاب چڑے مہتاب۔ جی ہاں۔ اور مجھ میں کیا برائی تھی ۔۔۔؟ اس نے طے کرنا چاہا۔ کہ آفتاب کا رویہ یہ تھا کہ اس پر کنول کماری پریدے مدھی اترتی چاہئے تھی کہ یہ مہا پرش آسمان پر خاص اس کے لئے بھیجا گیا ہے لیکن یہ اس کی اپنی مرضی پر منحصر ہے کہ وہ اس کنول کماری سے یا روزانہ آ کر ملے یا کبھی نہ ملے۔ اسے طبیلہ اور دیجے دیتی سنے۔ پوریاں بنوا کر کھائے۔ پھر ایک روز مطمئنا سے آگے چلا جائے ۔ اور یہ کنول کماری بعد میں بیٹھ کر جھک مارتی رہے۔ اور کیا وہ اس کے پیچھے پیچھے ڈنڈا لے کر دوڑتی کہ اے میاں آفتاب بہادر ایک بات سنتے جاؤ ۔۔۔۔۔۔ ان دنوں ثروت نے ایک اور لطیفہ ایجاد کیا۔ چپین کے بعد ایک روز اس نے "گینگ" کی بانی افراد سے کہا:۔ بھئی نمبر ۲۹ اے پی سین روڈ بعد آج کل یہ سلسلہ ہے کہ اگر بھائی آفتاب چلے پیتے پیتے رک کے دفعتاً کنولارانی سے کہتے ہیں بھئی کنول بی تم سے ایک بات کہنی ہے تو ہماری کنولارانی کو فوراً یہ دھیان ہو تا ہے کہ اب شاید یہ پروپوز کرنے والا ہے وہ پر بات محض اتنی ہوتی ہے کہ بھئ ذرا مہینی کو

فون کو دے کہ ہم خرید تالا ئے۔ یا اسی قسم کی کوئی شدید اینٹی کلا ئمکس۔ ثروت اس قدر کینی تھی ------ وہ سارے مسخرے پن کے قصے یاد کرکے اب اس نے دل میں ہنسنا چاہا۔ لیکن سردی بڑھتی گئی۔ اور بیکراں تنہائی۔ اور زندگی کے انمٹی اور ابدی پچھتاووں کا ویرانہ۔ آفتاب بہادر تم کہتے ہو کہ میری کیسی جلا وطنی کی زندگی ہے۔ ذہنی طمانیت اور مکمل مسرت کی دنیا جو ہو سکتی تھی اس سے دیس نکالا جو مجھے ملا ہے اسے بھی اتنا عرصہ ہو گیا کہ اب میں اپنے متعلق کچھ سوچ بھی نہیں سکتی۔ اب میرے سامنے صرف رائل کمانڈ پر فورمنس ہیں۔ اور جین کے صبح کے ناشتے کی دیکھ بھال، اور یہ ہر دل عزیزی جو مجھ پر تھونس دی گئی ہے لیکن تم بھلا کیا سوچوگے (ڈی نے کہا تھا۔ ارے تم لوگ اسی کو پسند کرتی ہو جو ایک مخصوص معیار پر پورا اترتا ہے۔ کیا اُنٹی منطق تھی۔ یعنی چت بھی تمہاری پٹ بھی۔ آخر اس ساری لغویات میں ذہنی اور تصوراتی گور کھ دھندے سے تمہارا مطلب کیا نکلا۔ داہ واپھر آدمی کہیں کے۔

ثروت نے اس کی شادی کے موقع پر ایک اور سہیلی کے سامنے جامع و مانع اختصار کے ساتھ اس طرح تشریح کردی تھی کہ قصہ کو یوں مختصر کرتی ہو اسے عزیزہ۔ کنول کی ٹریجڈی یہ ہوتی کہ ساری عمر کو کوئی ان کی سمجھ میں نہ آیا سب میں مین میکھ نکالتی رہیں اور مارے بد دماغی کے کسی کو خاطر میں نہ لاویں۔ اور جن بزرگوار کو آپ نے نہایت صدق دل سے پسند فرمایا وہ خود بچہ ہری جھنڈی دکھلا گئے ------ بس اب کیا ہے پیاری بہن۔ جب آنکھ کھلی تو

گاڑی نکل چکی تھی پٹڑی چمک رہی تھی — ۔ جی ہاں ۔
ارے ثروت کروک کہیں کی ۔
گر سوال یہ تھا کہ ہر چیز کے متعلق اس مذاق اور خوش دلی کا رویہ کہاں تک گھسیٹا جاتا تھا ۔ لیکن اس کے علاوہ تم اور کر سکتی کیا سکتی ہو ۔ ثروت نے کہا تھا) زندگی نہ ہوئی اسٹیفن لیکاک کا مسخرہ پن ہو گئی ۔ مجھے کیا معلوم تھا کہ تمہارا مذاق کہاں ہوتا ہے اور سنجیدگی کہاں سے شروع ہوتی ہے (یا ۔ VICE VERSA)

ڈاکٹر صاحب تو دن بھر لائبریریوں میں گھسے رہتے ہیں ۔ اور آج کل ایک اور کتاب لکھ رہے ہیں ۔ اسے ارملا نے مطلع کیا ہے ۔ اب وہ کیا کر رہا ہے ڈاکٹر ڈی ۔ بی ۔کمرجی کی طرح مہاگر وبن چکا ہے ۔ غالباً اس نے شادی کر لی ہو گی یہاں پہنچ کر اسے عجیب و غریب اور انتہائی شدید تکلیف کا احساس ہوا ۔ وہ کون ہو گی ۔ ۔ ۔ کیسی ہو گی ۔ ۔ ۔ آفتاب کے ساتھ ساتھ چلتی ہوئی کیسی نظر آتی ہو گی ۔ آفتاب اس سے کہاں ملا ہو گا) یا اب تک وہ کنفرمڈ بیچلر بن چکا ہو گا ۔ بہت سے لوگوں کے لیے اس میں سخت سخت گلیمر تھا ۔ ۔ ۔ کیا بات ہے صاحب ۔ ۔ ۔ ان ساری جماعتوں سے علیحدہ اور برگزیدہ ۔ ۔ ۔ اپنی نہایت شخصی دنیا ، اپنے مشغلے ، اپنی کتابیں ، موسیقی ، بیتھو دن کے کونسرٹ ، چند دلچسپ سے گنے چنے دوست ۔ اتوار کے روز دن بھر کسی کنٹری کلب کے لاؤنج میں بیٹھے ٹائمز پڑھ رہے ہیں ۔ تیسرے پہر کو رائڈنگ کو چلے گئے ۔ اور ٹینس کھیلا ۔ ادھر ادھر خواتین سے بھی ملے ۔ لیکن لڑکیوں کو ہمیشہ برتے ترتم

کی نگاہوں سے دیکھا گویا ۔۔۔۔۔ بیچاریاں ۔۔۔۔۔!! اور اپنا بے نیازی
اور سرپرستی کا رویہ قائم رکھا ۔۔۔۔ یہ سب ثروت نے ایک دفعہ ارشاد
کیا تھا) اچھا بھئی آفتاب بہادر ۔۔۔۔۔۔تم کتابیں لکھتے رہو میں ان پر تعریفی پروگرام
میں ریویو کردوں گی۔ راستہ اسی طرح طے ہوتا رہے گا۔
صبح ہوئی شام ہوئی ۔۔۔۔۔۔ زندگی تمام ہوئی ۔۔۔۔ زندگی تمام ہوئی ۔۔۔۔
پچھلی منزل میں ارلا ہری ندرناتھ چیٹوپادھیایا کا وہ کمبخت کورس آہستہ آہستہ الاپ
بجا رہی تھی۔

وہ دروازہ کھول کر باہر آگئی۔ کہرا اب کم ہوگیا تھا اور آسمان کا رنگ
قرمزی تھا جس کے مقابل میں کیتھولک چرچ کے ہولناک گنبد کا سہلٹ نحوست
سے اپنی جگہ پر قائم تھا۔

اونی لبادوں میں ملفوف ۔ مشرقی یورپ سے بھاگے ہوئے لوگ، بھاری
بھاری قدم اٹھاتے ہاتھوں میں شمعیں لئے مڈنائٹ ماس کے لئے گرجا کی سمت بڑھ
رہے تھے۔ ۔۔۔۔۔۔

صبح ہوئی شام ہوئی
زندگی تمام ہوئی
زندگی تمام ہوئی
زندگی تمام ہوئی

(۹)

"جب مجھے ملازمت نہ ملی تو میں نے سمندر پار کے وظیفوں کے لئے ہاتھ پاؤں مارے۔ وہاں بھی وہی نقشہ تھا۔ لیکن انگریز پھر آڑے آ گیا۔ اور برٹش کونسل نے مجھے یہاں آنے کا ہدایۂ دیدیا۔ اور جب میں نے روانہ ہونے کی خبر بابا کو سنائی تو وہ بالکل چپ ہو گئے اور اس کے بعد ایک لفظ منہ سے نہ بولے۔ اور ابھی میں راستے ہی میں تھی کہ جب مجھے اطلاع ملی کہ بابا مر گئے تو کستوری نے مدھم آواز میں بات ختم کی اور چائے سے انگھوٹھے اور کلائی کے کندے کو ٹھیک کرنے میں منہمک ہو گئی۔

آج مڈ نائٹ ماس منانے جائیں گے۔ روز ماری نے اپنے برش اور کینوس سمیٹتے ہوئے کہا۔ پہلے ہم پرومینٹی اور ریٹی چلیں۔ جہاں ایک شام میں نے پیلے بالوں اور اداس چہرے والی ایک ایک ہینگرین پناہ گزیں لڑکی کو دیکھا تھا۔ وہ سر پر سیاہ اسکارف باندھے تسبیح ہاتھ میں لئے گھنٹوں ساکت اور منجمد بیٹھی تھی۔ اس کا یہ انداز کتنا قابل رحم تھا۔ میں نے قربانگاہ کے ستونوں کے پیچھے چھپ کر اس کی تصویر بنائی میں نے اس تصویر کا نام "آزادی کسے فرار ہے" رکھا تھا۔ لیکن جب اسے نمائش میں رکھا جانے لگا تو ہمہم فنون کی انجمن نے اس کا نام بدل کر "آزادی کا شکرانہ" کر دیا۔ آج کی رات میں وہاں امید اور نا امیدی کی کرب ناک کیفیتوں کے چند اور اسکیچ تیار کروں گی۔ کتنی کیفیتیں ہیں جنہیں الفاظ اور رنگوں کے روپ میں ڈھالا ہی نہیں

جا سکتا۔ جب کے اظہار سے اللہ کی بے وقعتی اور توہین ہوتی ہے۔۔۔ کستوری نے سوچا (یہی بات اپنے لئے کتنی بار کنول نے محسوس کی تھی۔ لیکن کوئی کچھ نہ جانتا تھا۔)

کیسی بے بسی ہے کہ سب اپنے اپنے دماغوں میں محصور رہ جانے پر مجبور ہیں۔

تم کو معلوم ہے کہ میں یکخت اس طرح تم سب سے باتیں کیوں کہہ رہی ہوں۔ کستوری نے کہا۔

"سنے ہیں کہ جب مَرتوں کے بچھڑے ہوئے دوجنے دوبارہ ملتے ہیں تو ساری پرانی بھانگت یاد آجاتی ہے۔ پرسوں دوستوں سے مل کر مجھے کو خوشی ہوتی ہے۔ اس نے بات آہستہ آہستہ جاری رکھی ۔۔۔۔۔۔۔۔۔ یہ لیکن پرانے "دشمن" سے مل کر مجھے کیسے مسرت ہوئی ۔۔۔۔۔۔۔ آج بیچ بجے بالکل اتفاقیہ کیمتی چہرے نظر آگئی ۔ مجھے پتہ نہ تھا کہ وہ یہاں پر ہے۔ وہ ایک دوکان سے نکل رہی تھی۔ "ارے کیم۔۔۔۔۔ کیما۔۔۔۔۔ میں چلا کر اس کی اور دوڑی۔ اس نے مجھے دافعی نہ پہچانا۔ وہ بہت موٹی ہوگئی تھی اور اس کے ساتھ غالباً اس کا شوہر تھا۔ کیما راتی تم ہم کا نانہیں پہنچیں ؟ میں نے بالکل بے ساختگی سے اپنی مادری زبان میں اس سے کہا۔ جو اس کی اور میری مادری زبان تھی ۔۔۔۔۔ ہلو کستوری ۔۔۔۔۔ اس نے کسی کسی گر مجوشی کا اظہار نہ کیا۔ نسے اس کے شوہر نے مسکرا کر سلام کیا یہ میسکر چکی ہیں۔ کیم نے اس سرد مہری کے انداز میں بات کو۔ "نسے بھائی صاحب۔!" میں نے بے حد خوش دلی سے کہا

"تم تو پاکستانی ہو، نہیں، تمہیں یہ کہنا چاہیئے" کیم نے بڑی طنز کے ساتھ کہا۔ میرے اوپر جانو کسی نے برف ڈال دی۔ میں نے کھسیانی ہنسی ہنس کر دوسری اور دیکھا اس کے شوہر نے جو بہت سمجھدار معلوم ہوتا تھا، فوراً بات سنبھالی اور بولا ــــــــــ "اچھا بہن جی ــــــــــ اس سے تو ہم بہت جلدی میں ہیں۔ آپ کسی روز ہمارے یہاں آئیے۔ ہم یہیں ساؤتھ کینز نگٹن میں رہتے ہیں ــــــــــ اچھا ضرور آؤں گی۔ بائی بائی کیم"۔ میں نے مری ہوئی آواز میں جواب دیا۔ اور آگے چلی گئی۔ میں نے اُسے یہ بھی نہ بتایا کہ ہاکہیں پاکستانی نہیں ہوں۔ اس سے کیا فرق پڑتا تھا۔

"میں اس وقت کوئی رقت انگیز تقریر نہ کروں گی۔ میں یہ نہ کہوں گی کہ رفیق۔ احسان نے خود کشی کرلی۔ پرانی اقدار تباہ ہوگئیں۔ اپنے پرائے ہوگئے یہ سب پچھلے پانچ سال سے دُہراتے دُہراتے تم لوگ اکتا نہیں چکے۔ یہ جو کچھ ہوا یہی ہوتا تھا۔ اور آپ تھیں کہ ایک نہایت رومینٹک تصویر نئے بیٹھی تھیں۔ گویا زندگی نہ ہوئی شانتا رام کی فلم ہوگئی۔ میں نے اور کیم نے جو کچھ کیا ہے ان سب باتوں کا نہایت منطقی نتیجہ تھا۔ اور باقی تم جو کہنا چاہتی ہو وہ جھک مار کر ہو۔ سمجھیں۔

"اس انداز میں نے اپنے آپ کو سمجھانا چاہا" لیکن چلو روزماری۔ اب ہم مٹی کے تصویر بنائیں گے" اس نے روزماری کو مخاطب کیا۔ "تم اگر ہمارے ایسکپ تیار کر دو تو تمہاری آرٹ کو نسل اور ہم عصر فنون کی انجمن اپنے نئے کون سے عنوان منتخب کرے گی؟"

"ہم اپنے بدقسمت ملک کی وہ نوجوان نسل ہیں جو یورپ کی جنگ اور اپنے سیاسی انتشار کے زمانے میں پروان چڑھی۔ اپنی غائرِ جنگی کے دوران نے اس کی ذہنی تربیت کی اور اب اس ہولناک "سرد لڑائی" کے محاذ پر اسے اپنے اور دنیا کے مستقبل کا تعین کرنا ہے۔

"ہم لوگ یونیورسٹی کی اونچی اونچی ڈگریاں حاصل کر رہے ہیں۔ تہذیبی میلے اور تہوار منعقد کرنے میں مصروف ہیں۔ مارکیٹ کے مصنوعی تجرید میں اپنے میلے سے پروگرام پیش کرتے ہیں۔ امن کانفرنسوں اور یونیسکو کی پروفیسر شپ میں شامل ہوتے ہیں۔ لیکن یہاں سے واپس لوٹ کر کیا ہوگا۔

"تم نے کبھی خیال کیا ہے میں کہاں جاؤں گی ———؟ میرا گھر اب کہاں ہے؟ کیا میں اور میری طرح دوسرے ہندوستانی مسلمان ایسے مضحکہ خیز اور قابلِ رحم کردار بننے کے مستحق تھے ——؟؟"

وہ خاموش ہو گئی۔ سب لوگ چپ چاپ بیٹھے آگ کے شعلوں کو دیکھتے رہے۔ سڑک کے دوسری طرف ایک مکان میں "ڈانٹ کرسمس" گائی جا رہی تھی۔

"شاید میں نے تمہیں بتایا تھا ——" ارطغنے نیچی آواز میں کہا "کہ آج دفتر سے واپسی میں ڈاکٹر آفتاب رائے ملے گے۔ میں نے اُن سے پوچھا۔ ڈاکٹر صاحب۔ میں نے تو سنا تھا کہ آپ پبلک لائبریری میں سفیر ہیں۔ تم نے غلط سنا تھا ———!" انہوں نے رسان سے مسکرا کر کہا "میں نے گھبرا کر ان کو دیکھا۔ تو کیا آپ بھی ——— یعنی میں نے سوال کرنا چاہا ہاں — ہاں — میں بھی ———"

اتنا کہ کروہ جلدی سے غذا جا خفا کہتے ہوئے مجمع میں غائب ہو گئے ۔ اور دوسرے لمحے اسٹیشن کے مہیب انڈر گراؤنڈ نے ان کو نگل لیا۔ ان کے ہاتھوں میں کتابیں تھیں اور وہ کسی سے بات کرنا چاہتے تھے ۔۔۔۔۔ بتانے وہ کہاں رہتے ہیں، کیا کرتے ہیں۔ اتنا عرصہ انہوں نے کیسے گزارا ۔ وطن واپس جانے کی اجازت انہیں کب ملے گی ۔۔۔ کیا ہوگا ۔۔۔۔۔

دور گرجاؤں کے گھنٹے بجنے شروع ہو گئے تھے۔ وہ سب باہر سڑک پر آگئے۔

ہماری غلطیوں کا سایہ ہمارے آگے آگے چلتا ہے اور رات ہمارے تعاقب میں ہے۔ انہوں نے سوچا ۔۔۔۔۔ لیکن ہم رات کی وادی کو تیزی سے عبور کر رہے ہیں۔

ہمارے چاروں طرف یہ لاکھوں کروڑوں انسانوں کا ہجوم یہ لوگ جو اپنی قسمتوں کو روتے ہیں۔ لیکن دیکھو یہ راستے ۔ یہ جھیلیں، یہ باغات ہمارے منتظر ہیں۔ مکانوں میں صرف موت کے قدموں کی چاپ تھی۔ اجنبی موت یکلخت ہمارے سامنے آگئی۔ لیکن ہم اسے چھوڑ کر ہنستے ہوئے آگے نکل جائیں گے صنو۔ ہمارے پاس یقین ہے اور کامل اعتماد ہے اس محبت نے تخلیق کیا ہے جو غمخواری کے نام سے یاد کی جاتی ہے، یہ غدّاری عفی یا سمین کے پھول کی آرزو ہے۔ وہ گرجا کی سمت بڑھتے رہے۔

سامنے راستے کی نیم تاریکی میں ایک ایلزبتھی دغعے کے ینز ہاؤس میں صدہا روشنیاں جھلملا رہی تھیں۔ یہ ہندوستانی سفیر کے فرسٹ سکریٹری کا مکان

تھا۔ اس کے کمرے پھر اندھیرا تھا۔ یہ کون دیوانی روح اپنی تنہائی سے
گھبرا کر باہر نکل آئی ہے۔ انہوں نے سوال کیا۔ اس سے کہو یہ یہاں
کیوں کھڑی ہے ان لیمپوں کے نیچے۔ گھاس کے ان راستوں پر۔ زمین کے
ان پھولوں کے درمیان اسے کچھ نہ ملے گا۔ سنسان سیڑھیوں پر یہ کون
لوگ نظر آرہے ہیں۔ ان سے کہو واپس جائیں اور صبح کا انتظار کریں۔
ہمارے اور ان کے خیالوں کے بیچ۔۔۔۔۔؟

لیکن پھر گھنٹوں نے پکارا۔۔۔۔۔ آؤ۔۔۔۔۔ آج کی رات تمہارے وجود
کے گناہ کا کفارہ ادا کیا جائے گا۔ میں تمہارے خدا کی آواز ہوں۔ اور
تمہاری ہر تمنا ہی میں شریک ہوں۔ اور ہر موت کا محافظ ہوں۔ اور اب پادری لو
اور را ہبوں کا جلوس آگے بڑھا۔ جو اپنے اپنے ہلکوں سے جلا وطنی ہو کر آئے
سے خداوند خدا کی تقدیس کرتے تھے۔ اور گرجا کی مرمری سیڑھیوں پر سیاہ
اسکارف سے سر ڈھانپے عورتیں اور بوڑھے اور جوان تھرے میرے پیچھے
تسبیحیں پھیر رہے تھے۔ اور ہولی کیونین کے منتظر تھے۔

ایک راستہ یہیں پر آکر ختم ہو جاتا ہے۔ پھر ایک دیوار ہے۔ لیکن دیوار
پر دراڑوں سے چھن چھن کر روشنی ادھر بھی پہنچ رہی ہے۔ گو بہت سے سیاہ
پوش مریض دیوانے فلسفی اور بیمار سیاستدان راستہ روکے کھڑے ہیں۔
ہمیں تمہاری موت عزیز ہے۔ کیوں کہ تمہاری موت میں نجات ہے۔ ماں
کے گھنٹوں نے کہا۔

ہماری ماں۔ چٹانوں کی بہن۔ سمندر کے روشنی ستارے ہمیں پیچھے بیٹھا

سکھا۔ یہ ہمارا عہد نامہ ہے۔

یہ ہمارا پرانا عہد نامہ تھا۔ ان کے خیالات تباہ ہو چکے۔ اب ان کے پاس کیا باقی رہ گیا ہے۔۔۔۔۔۔ آرسی کے دھم اور لرزہ خیز سروں کے ساتھ قدم اٹھاتے ہوئے وہ سب آہستہ سے اپنے راستے پر واپسی آئے۔

"کنول رانی۔۔۔۔۔۔" کسی نے اندھیرے میں ایک لخت پہچان کر چیخ سے پکارا "یہاں آ جاؤ"

اور ہمارے ساتھ ہو کر۔ ہو کر اس خوبصورت وحشی کو دیکھو جو آسمان پر پھیل رہی ہے۔ اب کسی کچھتاوے۔ کسی افسوس کا وقت نہیں ہے۔

"پرانے عہد نامے منسوخ ہوئے" کنشوری نے آہستہ سے دہرایا یا ہم اس طرح زندہ نہ رہیں گے۔ ہم یوں اپنے آپ کو نہ مرنے دیں گے۔ ہماری جلا وطنی ختم ہو گی۔۔۔۔۔۔ ہمارے سامنے آج کی صبح ہے۔ مستقبل ہے۔ ساری دنیا کی نئی تخلیق ہے۔"

لیکن کنول کماری۔۔۔۔۔۔ تم ابھی بعد ہی تو ؟

منتخب یادگار افسانوں کا ایک اور مجموعہ

قرۃ العین حیدر کے چار یادگار افسانے

مصنفہ : قرۃ العین حیدر

بین الاقوامی ایڈیشن منظر عام پر آچکا ہے